모든 곳에 존재하는
로마니의 황제 퀴에크

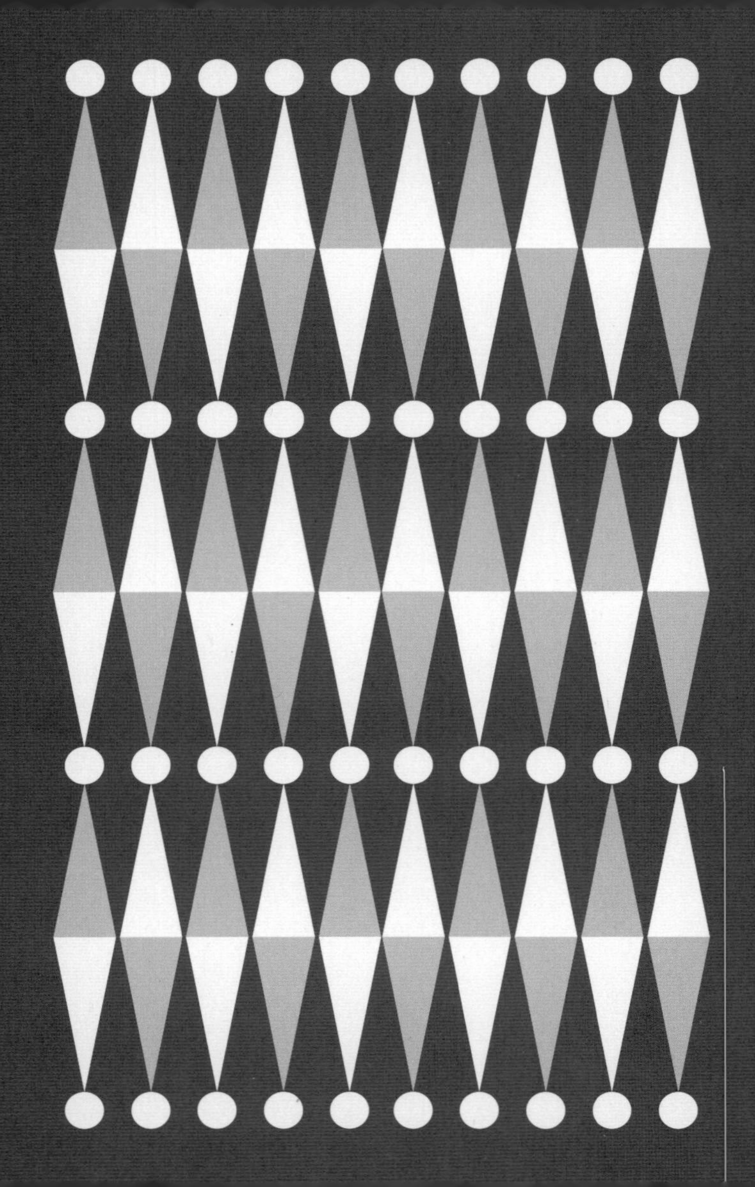

모든 곳에 존재하는 로마니의 황제 퀴에크

김솔 소설

arte

차례

모든 곳에 존재하는 로마니의 황제 나 플로린 퀴에크Florin Kwiek는 충직한 신하이자 역사학자인 보그단 마텔이 완성한 이 책에 단 하나의 거짓도 없음을 확인했노라. 나는 이 책을 통해 로마니의 역사를 알리고 보존하려 한다. 그리하여 우리를 절멸시키려는 시도를 더 이상 반복하지 못하도록 이웃을 계도할 것이다. 로마니는 특정 국가나 지역, 가문에 한정되지 않는다. 우리는 자유로운 영혼과 다양한 습속을 지닌 인간 그 자체이기 때문이다. 보그단 마텔에게 자선과 자비를 베풀어 이 책을 셈 로만디 왕국과 이웃 국가에서 10년 동안 판매할 수 있는 자격을 허락하노라. 황제의 허락 없이 이 책을 인쇄하거나 판매할 경우 인쇄물과 인쇄 도구를 압수하고 막대한 벌금을 부과할 것이며, 벌금을 납부하지 못한 자는 20년 노역형에 처할 것이다. 벌금은 3등분하여, 3분의 1은 고발한 자가, 3분의 2는 황제가 갖는다. 이 책이 증쇄될 때마다 황제가 임명한 심의위원들은 원본과 대조하여 오탈자를 수정한 뒤 가격을 결정할 것이다. 황제의 직인이 누락된 책을 발견한 자에겐 책값의 두 배를 보상하겠다.[i]

*

모든 곳에 존재하는 위대한 로마니의 황제이신 플로린 퀴에크의 존귀한 명령을 받들어, 충성스러운 신하이자 역사학자인 나 보그단 마텔은 전 세계 모든 로마니의 유일한 자치국인 셈 로만디의 과거와 현재를 기록하려 한다. 이 기록은 오로지 진실에 의

i 이 문장은 미겔 데 세르반테스의 『돈키호테』(박철 옮김, 시공사, 2004, p. 6)에 실린 「국왕의 칙허장」 일부를 발췌 인용했다.

거한 것이며, 만약 사사로운 이익에 눈이 멀어 거짓을 삽입했다면 나와 내 후손은 결코 명예와 안식을 얻지 못하리라. 다만 내 눈과 귀가 어둡고 손이 떨려서 진실을 그대로 옮겨 적지 못할까 두렵다. 그저 선조의 지혜가 항상 나의 미혹을 깨뜨려주길 소망하노라. 퀴에크 가문과 왕조에 대한 이야기로 이 책을 시작할 수 있어서 한없이 기쁘고 영예로울 따름이다.

(여기까지 읽은 자에게 영광을! 이 책을 읽는 독자라면 반드시 명심해야 할 사항이 있다. 괄호로 묶여 있는 문장은 황제와 그의 가족들 앞에서 절대로 소리 내어 읽어서는 안 된다. 그들은 하나같이 문맹이어서 스스로 책을 읽지 못한다. 황제는 선지자 마호메트가 문맹이면서도 코란을 완성했다는 사실에 영감을 받아, 자신의 혈족이 글을 배우는 걸 금지시켰다. 그래서 그들에게 이 책은 침묵의 노래나 어둠 속 장작에 지나지 않는다. 그들 앞에서 이 책을 소리 내

읽어야 할 때엔 괄호로 묶인 문장을 곧바로 건너뛰길 간곡히 요청한다. 독자의 실수를 막기 위해 글자체나 글자색을 바꾸는 것도 고심했으나 황제가 눈치챌 것 같아 그렇게 하지 않았다. 대신 괄호가 시작되는 곳에 '여기까지 읽은 자에게 영광을!'이란 문구를 삽입했다. 실수로 이 문구까지 읽었다면 그 즉시 함정에서 빠져나와야 한다. 괄호로 묶인 문장은 눈으로만 읽어야 한다. 아니, 읽지 말고 차라리 만지거나 핥거나 냄새 맡는 게 낫다. 이 책은 '소리 내어 읽으라'는 뜻에서 유래된 코란과는 정반대의 속성을 지녔다. 그러니 로마니 중에 혹시 존재할지도 모를 무슬림에겐 결코 일독을 권하고 싶지 않다. 그 밖의 독자들에게는 많이 읽히고 멀리까지 회자되면 좋겠다. 훗날 셈 로만디에 학교가 세워져서 어린아이들이 이 책으로 로마니의 과거와 미래를 들여다볼 수 있길 희망한다. 그러려면 이 책은 적어도 10년 동안 이곳에서 괄호의 문장을 내포한 채 출판되어야 한다. 이곳 밖에선 괄호를 제거해서 출판해도 상관없다.)

(여기까지 읽은 자에게 영광을! 나는 황제에게 거짓 이름으로 알려졌다. 나는 선교를 위해 이곳에 파견되었으나 차마 신분을 드러낼 수 없었다. 그래서 역사학자라고 둘러대고 황실의 허드렛일을 도우면서 황제의 환심을 샀다. 선교를 위해선 교회를 세우는 일보다 성서聖書를 번역하는 일이 급선무라고 생각했다. 하지만 이들의 현실과 과거를 알면 알수록 이웃의 위선과 위악을 고발해야겠다는 의무감이 더욱 강렬해졌다. 특히 퀴에크 가문에 대한 이야기는 세계 시민들이 반면교사로 삼을 만한 가치를 충분히 지녔다.)

(여기까지 읽은 자에게 영광을! 황제는 어린 자신에게 누군가가 들려준 『돈키호테』의 내용을 반세기가 지난 뒤에도 거의 복기할 수 있을 만큼 뛰어난 기

억력을 지녔다. 그는 내가 자신에게 읽어준 분량보다 이 책의 두께가 훨씬 더 두껍다는 사실을 알아차렸다. 그래서 나는 대부분의 로마니가 문맹인 데다가 로마니에 대한 편견을 지닌 독자도 많기 때문에 오독을 막기 위해서라도 각주와 도표, 삽화와 사진 등을 삽입할 여백을 미리 확보해두어야 했다고 둘러댔다. 로마니 역시 유럽에서 천 년 넘게 살아온 민족인 만큼 적어도 루마니아 역사책보다는 더 두꺼워야 할 것 같아서 내용을 일부러 늘리기도 했다는 설명에 황제는 매우 흡족해했다. 두꺼운 책일수록 더 많은 인세를 거둬들일 수 있으니 황제가 반대할 이유는 없었다. 괄호의 문장을 엉터리 도표로 가린 원고 몇 장을 확인한 뒤로 황제는 의심을 완전히 거두었고 충복을 시켜 이 책의 맨 뒷장에 직인을 찍었다.)

그리스도를 모함하고 고발하는 것으로도 모자라 그를 십자가에 세울 못까지 만든 자가 유대인이었다면, 그 못을 훔쳐 그리스도의 부활을 도운 자가 로마니였다. 그래서 그리스도는 도둑질과 구걸을 로마니의 정당한 생계 방법으로 인정했을 뿐만 아니라, 근동의 왕에게 로마니를 정성껏 대접하라고 명했다. 그런데도 로마니는 유대인처럼 이웃의 재산을 탐하거나 선민의식으로 우쭐대지 않았다. 비를 피할 지붕과 깔고 누울 건초, 딱딱한 빵과 마실 물을 얻을 수 있는 곳이라면 어디라도 고향으로 삼고, 농사를 돕거나 부서진 세간을 고치거나 점을 봐주는 일로 생계를 꾸려나갔다. 악단이나 서커스단 공연으로 큰 돈을 벌 수도 있었지만 욕심 부리지 않았다. 하지만 정체를 알 수 없는 이웃 — 그렇다고 그들을 유대인이라고 단정 짓지는 않겠다 — 이 악의적인 소문을 퍼뜨리는 바람에 한곳에 오래 머물 수가 없었다. 로마니가 이웃에 미친 해악보다 오히려 이웃이 로마니에게 끼친 고통이 훨씬 컸지만 어떤 역사가도 그 진실을 가감 없이 기록하지 않았다. 로마니는 성서 밖의 오지로 추방되거나 성서 안에서 노예로 핍박받았고, 전쟁 중에 절멸 수용소에서 학살되기도 했다. 유대인도 이와 같은 처지였으나 신성한 책을 보관하고 꾸준히 읽은 덕분에 로마니와는 전혀 다른 운명을 얻었다. 유대인의 시오니즘에 자극받은 퀴에크 가문의 노력이 결실을 맺었더라면 로마니도 영광스러운 현재를 누리고 있을 것이나 그러지 못하는 것이 몹시 유감이다.

왕과 영주를 대신하여 동족에게 세금을 거둬들이고 치안을 담당하던 로마니 우두머리가 유럽 여러 나라의 역사책에서 로마니 왕으로 가끔 등장했지만, 자신의 세대를 넘어 권위를 이어가지 못한 채 흔적도 없이 사라졌다. 그러다가 19세기 말 퀴에크 가문이 폴란드에 정착하면서 유럽 역사에 로마니 왕조가 다시 등장했는데, 왕위는 몇 세대에 걸쳐 혈통을 따라 대물림되었을 뿐만 아니라 로마니 국가, 즉 로마니스탄Romanistan에 대한 개념을 왕과 신민들이 공유하고 있었다는 점에서 이전의 여느 로마니 왕조와 확연히 달랐다. 지금도 자신을 퀴에크 가문 출신의 로마니 왕이라고 자칭하는 자들이 세계 곳곳에 여러 명이 존재하지만—적어도 프랑스에 열일곱 명, 영국에 여덟 명, 미국과 캐나다에 각각 다섯 명—로마니 왕조는 2차 대전 도중 야누스 퀴에크Janusz Kwiek가 베우제츠Belzec 수용소에서 살해당하기 직전까지만 존재했다는 데 역사가들은 대체로 동의한다. 그러다가 모든 곳에 존재하는 로마니의 황제 플로린 퀴에크께서 루마니아 영토 안에 셈 로만디를 건설하시면서 2차 대전 직후 사라진 퀴에크 왕조는 화려하게 부활했도다.

디미테르 퀴에크Dimiter Kwiek와 그레고르 퀴에크Gregor Kwiek, 그리고 마이클 퀴에크 1세Michael Kwiek I의 이름은, 마이클 퀴에크 2세가 로마니 왕으로 이름을 알리면서 비로소 발굴되었다. (여기까지 읽은 자에게 영광을! 마이클 퀴에크 2세는 로마니 왕조의 정통성을 확보하기 위해서라도 직계가족들의 권위와 업적을 급조하지 않을 수 없었으리라.) 노쇠한 그레고르의 후계자로 마이클 퀴에크 2세가 즉위했을 때 폴란드 고위 관리와 경찰 들이 축하 사절로 왕실을 찾았다는 기록이 폴란드 공식 문서에 남아 있다. 그레고르의 아버지인 디미테르는 몰도바에서 해방되자마자 가족들을 이끌고 스페인으로 갈 작정이었다. 하지만 폴란드 국경에 이른 그의 아내가 산통을 호소하자 포장마차를 세우지 않을 수 없었는데, 출산 직후 아내가 죽고 아들마저 크고 작은 질병에 시달리는 바람에 이동을 멈추고 그곳에서 구리 세공품을 만들어 팔기 시작했다. 그는 로마니에 대한 이웃의 편견을 바꿀 수 있을 만큼 성실하고 정직했다. 어려서부터 영민했던 그의 아들은 아버지의 사업을 크게 번창시켰을 뿐만 아니라 이웃 간의 갈등을 슬기

롭게 해결하여 열다섯 살이 되기도 전에 이미 로마니의 왕으로 칭송받았다. 스무 살 생일에 그레고르는 가족과 친척들 앞에서 로마니 국가 건설의 포부를 밝혔다. 그때 마이클 퀴에크 2세는 어머니의 자궁 속에서 자신의 운명을 스스로 결정했다.

(여기까지 읽은 자에게 영광을! 소문에 따르면, 그레고르는 유명한 협잡꾼이었다고 한다. 그의 거짓말에 속아서 손해를 보지 않은 친척과 친구가 단 한 명도 없을 정도였다. 구리 세공 기술이 뛰어났던 그는 평범한 돌 틈에 뜨거운 구리 용액을 부어 넣고 마치 금이 섞여 있는 감돌처럼 위조했다. 그러곤 폴란드 상인을 찾아가 보잘것없는 소지품을 꺼내놓으며 자비를 구걸했다. 감돌의 가치를 알아본 상인은 토끼 고기를 살 수 있을 만큼의 돈을 지불하면서, 슬그머니 그 돌을 발견한 장소를 물었다. 그런 돌이라면 자신의 마을 뒷산에 널려 있다고 그레고르는 대답했

다. 그 즉시 상인은 자금과 인력을 모아 그 땅을 사서 채굴하기 시작했다. 하지만 금맥을 발견하지 못하자 그레고르를 찾아와 자초지종을 설명하고 자신의 성공을 돕는다면 일정 지분을 나눠 주겠다고 약속했다. 그제야 그레고르는 그 돌을 발견한 자가 자신의 맏아들—나중에 마이클 퀴에크 1세로 불렸다—이라고 고백하면서 아들에게 그 돌을 발견한 위치를 물었다. 맏아들은 전혀 다른 장소를 지목했다. 상인은 그레고르와 그의 가족들을 고용하여 금맥을 찾는 일에 매진했건만 아무런 성과 없이 파산하게 되자, 비로소 자신이 그레고르에게 속았다는 사실을 깨달았다. 그레고르는 바르샤바 외곽에 작은 가게를 열고 구리 세공품을 팔기 시작했다. 거기서 마이클 퀴에크 2세가 태어났다.)

(여기까지 읽은 자에게 영광을! 장자인 마이클 퀴에크 1세가 아버지의 왕위를 물려받지 못한 이유는,

마이클 퀴에크 2세의 설명처럼 그가 병약하고 색정에 빠져 있었기 때문이 아니라, 로마니 왕과 국가에 대해 반대했기 때문이다. 당연히 퀴에크 가문은 마이클 퀴에크 1세를 파문하고 왕국에서 추방했다. 마이클 퀴에크 1세는 프랑스로 떠나기에 앞서 다음과 같이 말했다고 전해진다. "구약과 탈무드를 포기하지 않는 한 유대인에게 평화와 안식은 없을 것이다. 그러니 로마니는 유대인으로 오해받을 행동을 해서는 결코 안 된다. 인류를 진화시키고 있는 것은 기억이 아니라 망각이며, 망각하는 인간만이 새로운 세상을 창조할 수 있다는 사실을 똑똑히 기억해라. 그리고 로마니가 이웃의 허락 없이 먹어 치우는 것들이라곤 그들의 쓰레기뿐이라는 사실을 분명히 알려야 한다." 그레고르는 장자를 추방하는 대신 공정한 선거를 통해 신민들의 심판을 받게 할 생각이었다. 하지만 둘째 아들에 의해 나흘 동안 마구간에 감금되면서 뜻을 이루지 못했다. 선거 없이 왕위에 오른 마이클 퀴에크 2세는 자신의 영예를 폄하하는 모든 자들을 폭력으로 굴복시켰으며 피붙이라고 해서 예외를 두지 않았다.)

(여기까지 읽은 자에게 영광을! 로마니는 풍문에서 태어나서 풍문으로 사라지는 족속이다. 그래서 그들은 모든 것을 망각하지만 금세 빈자리를 채워 넣는다. 그들의 역사는 실재實在보다도 더 길고 풍성하며, 과거뿐만 아니라 현재와 미래가 한꺼번에 포함되어 있다. 굳이 각각의 함량을 따지자면 과거의 비중이 가장 낮고 미래의 비중이 가장 높다. 이는 사실보다 거짓이 많다는 뜻인데, 거짓이란 비록 현재까지 실현되지 않았지만 가까운 미래에 증명되거나 공리처럼 증명 없이 인정받게 될 진실이라고 정의할 수 있다. 근거 없는 거짓말이 훗날 개인의 운명을 결정하게 되는 것도 이 때문이 아닐까.)

마이클 퀴에크 2세는 매일 자신의 집에서 왕정을 열고 주요 현안들을 처리하는 한편 유럽의 주요 지도자들을 만나 로마니 왕조의 정통성과 로마니 국가의 당위성을 설파했는데, 로마니스탄 후보지로 그가 맨 처음 떠올린 곳은 로마니의 시원始原으로 알려진 인도의 갠지스강 유역이었다. 하지만 그곳을 직접 방문하고 돌아온 뒤로 생각을 바꾸어, 그 당시 영국의 식민지였던 우간다를 주목했다. 그곳은 평균 해발고도가 높아서 유럽의 기후와 비슷하고, 빅토리아 호수 주변이 농사와 목축에 적격인 데다가 영국 문물과 제도까지 보급되어 있어서 신민들의 정착에 큰 어려움이 없을 것이라고 판단했다. 그래서 마이클 퀴에크 2세는 경호원을 대동하고 영국을 방문했으나 왕은커녕 하급 공무원조차 만나지 못한 채, 하이드 공원의 관광객들 앞에서 성명서를 낭독한 뒤 쓸쓸히 귀국했다.

(여기까지 읽은 자에게 영광을! 그 당시 유대인도 유대 국가를 세울 곳을 탐색하고 있었다. 시오니즘의 창시자인 헤르츨은 키프로스를 기대했으나 영국은 우간다를 제안했다. 우간다를 방문한 유대인 대표자들은 그곳이 야생동물과 마사이족으로 가득 차 있다는 사실을 확인하고 영국의 제안을 거절했다. 처칠은 리비아를 대안으로 제시했다가 철회했다. 소련의 유대인들은 스탈린의 명령에 따라 중국과의 국경 지역인 비로비잔으로 이주했다가 절멸했다. 크림반도에 유대인을 격리시키려는 정책은 시행 직전에 폐기되었다. 일본은 새로 점령한 만주를 개발하고 소련의 공격을 피할 목적으로 독일의 유대인을 만주로 이주시키려 했다. 복어라는 뜻의 푸구Fugu 계획으로 명명된 이 작전은, 독일이 소련과 불가침 조약을 채결한 뒤 발트해의 국경을 폐쇄하면서 실패로 끝났다. 미국은 알래스카 개발에 유대인 자본을 유치하려고 노력했다. 남미의 가이아나와 오스트레일리아

의 태즈메이니아가 이스라엘 후보지로 회자되기도 했다. 프랑스로부터 독립을 준비하던 호치민은 파리에서 만난 다비드 벤구리온에게 베트남의 일부 지역을 유대인에게 제공하겠다고 제안했다. 나치는 백만 명의 유대인을 마다가스카르섬으로 이주시키려는 계획을 세웠다가 아프리카 점령지를 영국에게 빼앗기는 바람에 유럽의 점령지에 절멸 수용소를 세웠다. 전쟁이 끝나자 다비드 벤구리온은 팔레스타인에서 이스라엘 국가의 탄생을 선언했다.)

마티아스 퀴에크Mattias Kwiek는 친척이자 정적政敵인 바질 퀴에크Bazil Kwiek의 도움을 받아 1934년 마이클 퀴에크 2세를 강제로 하야시키고 왕위에 오른다. (여기까지 읽은 자에게 영광을! 마이클 퀴에크 2세의 선민의식은 신민들의 반감을 일으켰고 정적들에게 왕위 찬탈의 명분을 제공했다. 뒤늦게 위험을 감지한 왕은 충복인 마티아스를 왕궁으로 불러 대응 방법을 상의했는데, 정작 자신을 궁지로 몰아간 자가 마티아스라는 사실은 끝까지 알아차리지 못했다. 마티아스는 전왕의 신변조차 보호해주지 않았다.) 이에 불만을 품은 퀴에크 가문 일원이 요셉 퀴에크Joseph Kwiek를 또 다른 왕으로 옹립하면서 한동안 로마니 왕국은 두 명의 왕에 의해 운영되었다. 마티아스는 독립국가를 세우는 일보다 신민들의 권익을 보호하는 게 우선이라고 판단하여 폴란드 정부와의 협상을 진행했다. 반면 요셉은 가문의 전통에 따라, 아프리카의 나미비아를 로마니스탄 후보지로 선택하고 국제연맹에 대표단을 보냈다. (여기까지 읽은 자에게 영광을! 나미비아는 우간다에 비해 날씨가 무덥고 땅은 척박하나, 어느 나라의 식민지도 아니었고 국제연맹이 남아프리카공화국을 통해 위임 통치하고 있었으므로, 우간다보다 훨씬 쉽게 불하받을 수 있었다. 만약 마티아스와 요셉이 협조했더라면 로마니는 결코 절멸 수용소의 존재를 알지 못한 채 나미비아에서 번창했을지도 모른다. 하지만 역사에 가정을 매다는 행위만큼 위험한 일도 없다. 하나의 역사적 사실은 수백만 가지의 개연성이 작용한 결과이므로 그 사실을 수정하거나 재현하는 것은 거의 불가능하다.) 마티아스와 요셉의 치열한 왕위 경쟁은 마티아스의 갑작스러운 죽음과 야누스 퀴에크의 등장으로 인해 시시하게 마무리되었다. 요셉을 왕으로 추대하고 따르던 자들조차 요셉의 말년에 대해 기억하지 못했다.

(여기까지 읽은 자에게 영광을! 마티아스는 유럽 국가들에게 구걸하여 얻은 아프리카의 식민지에다 로마니의 미래를 유폐시키고 싶지 않았다. 로마니에게 시급한 것은 땅이 아니라 국가를 다스릴 제도와 인력이라고 생각했다. 그래서 내치內治에 더욱 집중했던 것이다. 그가 로마니스탄 후보지를 공식적으로 지목한 적은 없지만, 스페인에 정착한 로마니의 성

공을 즐겨 인용했고 지브롤터해협 부근에서 가족과 여름휴가를 보내려고 여러 차례 시도한 것으로 보아 스페인 남부를 염두에 두고 있던 것으로 추정된다. 그곳은 아프리카의 물자가 유럽으로 들어오는 관문이기 때문에 일자리가 곳곳에 널려 있었으니, 일정한 수입원을 갖게 된다면 로마니도 유랑을 멈추고 윤리적인 유럽인으로 거듭날 수 있으리라고 기대했던 것 같다.)

화려한 대관식을 통해 등장하지 않았고 동족이나 폴란드 정부의 전폭적인 지원도 받지 못했을 뿐만 아니라 자욱한 전운 때문에 미래를 준비할 수 없었지만, 게다가 언변이나 외모가 뛰어나지 않아서 조롱까지 받았지만, 마티아스는 특유의 성실함과 진중함으로 왕조를 이끌었고 매 순간 로마니의 모범이 되려고 노력했다. 저잣거리에서 고통받는 로마니를 돕느라 왕좌에 앉아 있는 시간이 거의 없었고 왕궁으로 돌아와서는 새벽까지 업무를 처리했다. 신하들은 옷을 입은 채로 왕궁에서 잠들기 일쑤였다. 마티아스는 유능한 젊은이들을 왕궁으로 불러 모아 현안을 점검하고 정책을 토론했다. 그 결과 후대의 로마니 왕이 국가를 운영할 수 있는 철학과 행동 강령의 준거가 마련되었다. (여기까지 읽은 자에게 영광을! 마티아스가 죽자 그 젊은이들은 모두 자취를 감췄다. 그래서 야누스는 마티아스가 신민들을 현혹하기 위해 거짓말을 했다고 결론지었다.) 그는 복잡하게 얽혀 있는 국제 사회의 역학 관계를 활용하여 로마니의 운명을 유리하게 이끄는 방법을 잘 알고 있었다. 군대를 갖추는 일보다 학교와 병원을 건립하는 일이 우선이라는 판단 아래 폴란드의 유력 인사들을 만나 경제적 지원을 호소했고, 로마니 악단과 서커스단 공연을 통해 건설비의 일부를 직접 모금하기도 했다. 하지만 로마니의 불행을 보듬고 위무하기에 그의 생은 너무 짧았던 반면, 로마니의 운명을 둘러싼 세계는 너무 모호하고 불안했다.

(여기까지 읽은 자에게 영광을! 이 단락은 두 번째 판본에서부터 추가되었다. 앞에서 밝혔듯이 플로린 퀴에크가 존경한 자는 야누스 퀴에크였다. 그에 대한 존경을 표하기 위해서 이 책이 기획되었다. 하지만 이 책을 써 내려가는 동안, 황제의 세 아들이 쿠데타와 다름없는 사건을 도모했고, 간신히 이를 억제한 뒤로 황제의 생각이 바뀌었다. 왜냐하면 황제의 세 아들에게선 하나같이 야누스와 닮은 성정이 발견되었기 때문이다. 그들은 행동보다 말이 앞섰고, 내용보다 수사修辭에 탐닉했으며, 치적보단 평판에 더 민감했다. 정작 야누스가 그러했는지는 알 수 없으나 출처와 목적을 알 수 없는 소문들이 그를 지나치게 우상화하면서 후대의 로마니에게 헛된 망상을 주입시켰다. 아무튼 자신의 아들들에게 부정적인 영향을 미친 자가 야누스라는 사실을 인정하자 황제는

야누스 대신 마티아스에게 애정을 쏟기 시작했다. 그래서 그를 재조명하고 명예로운 자리로 복권시키라는 명령을 내게 내렸던 것이다. 사료가 늘어날수록 무관심과 몰이해 때문에 마티아스가 평가절하되었다는 사실에 동의하게 되었다. 야누스를 영웅으로 만들려면 그 이전 왕들의 치적을 폄훼하지 않을 수 없었으리라. 게다가 미망인이 일으킨 일련의 추문이 마티아스의 명예를 실추시켰던 것도 사실이다. 하지만 진실을 다루는 역사가로서 균형을 자의적으로 조정할 순 없다. 목적을 방법보다 앞세우고 싶지 않을뿐더러 원인을 결과로 간주하고 싶지도 않다. 다만 불가항력적인 상황이 영웅을 만들고 영웅은 역사를 완성하지만 그런 역사는 결코 변증법으로 해석할 수 없다는 신념을 밝히는 것으로써, 이 단락을 괄호 속에 담아야 했던 나의 고민을 조금이나마 덜어내고자 한다.)

아이와 여성을 위한 병원을 건립하기 위해 백방으로 노력하던 마티아스에게 어느 날 폴란드의 독지가가 찾아와서는 경제적 지원을 제안했다. 또한 로마니 청소년들이 유럽의 유수 대학에서 공부할 수 있도록 돕겠다는 약속도 했다. 경계심이 많은 마티아스는 이 독지가의 정체와 의도를 의심하여 선뜻 제안을 받아들이지 않았다. 하지만 그 독지가의 대저택에서 공연을 마치고 돌아온 왕궁 악사들에게서 이런저런 이야기를 전해 듣고 난 뒤 왕은 신의 선물에 진심으로 감사했다. 그는 폴란드 독지가가 소개해준 독일계 의사에게 자신의 충복을 은밀히 보내어 병원 건립에 대해 논의했다. 로마니의 생활환경과 문화, 그리고 유전적 특성에 대한 정보부터 파악해야 한다는 의사의 요구에 따라 백여 명의 로마니가 그의 병원에서 검사를 받았다. 붉은 머리카락의 간호사가 보여준 친절함에 감복하지 않은 자는 단 한 명도 없었다. 하지만 조사가 마무리되고 왕이 직접 그 병원을 찾아갔을 때, 그 의사와 간호사는 만날 수 없었고 폴란드 독지가와도 연락이 닿지 않았다. 그제야 불길한 예감에 사로잡힌 마티아스는 그들의 정체와 은신처를 추적해보았지만 아무런 성과도 거둘 수 없었다. 또다시 조롱을 당한 것 같아 잠시 의기소침해졌으나 이내 신의 가호에 감사하기로 마음을 고쳐먹었다. (여기까지 읽은 자에게 영광을! 나치는 전쟁을 시작하기 훨씬 이전에 베를린에 이미 집시 절멸을 위한 제국 중앙 사무소Reich Central Office for the Suppression of the Gypsy Nuisance를 설립하고 범죄 예방법을 제정하여 로마니를 베를린 외곽의 공동묘지와 쓰레기장으로 강제 이주시켰으며, 불임 수술을 강제하고 이에 저항한 자들을 모두 수용소에 가두었다. 이런 일련의 조치는 로마니의 90퍼센트가량이 유전적으로 범죄적 성향을 지니고 있다는 의사의 연구에 따른 것이었는데, 그 의사는 정작 자신의 연구 업적이 로마니 사이에서 붉은 머리 소녀라고 불린 간호사의 헌신

없이는 불가능했다고 겸양을 떨었다.)

마티아스의 죽음에 대해선 두 가지의 다른 이야기가 전해온다. 하나는 그가 자신의 아파트에서 저녁 식사 도중에 말다툼을 벌이다가 누군가가 쏜 흉탄에 맞아 절명했다는 것이고, 다른 하나는 가족들과의 저녁 식사 자리에서 술을 너무 많이 마신 나머지 권총을 술병으로 착각해서 총신을 입에 넣었다가 방아쇠를 건드렸다는 것이다. 어느 쪽이든 그의 죽음 앞에 독주毒酒와 말다툼이 있었던 건 분명하다. (여기까지 읽은 자에게 영광을! 영어에 '자신의 위장보다 더 큰 눈을 가졌다have eyes bigger than one's stomach'는 표현이 있는데, 마티아스의 생활 습관을 설명하는 데 이보다 더 적절한 표현은 없을 것이다. 상대에게 혐오감을 줄 정도로 유별났던 그의 식탐은 네 살부터 자신의 허기를 스스로 해결해야 했던 운명이 단련시킨 결과였다. 왕위에 오르기 전까지 그는 단

한 끼의 식사도 거른 적이 없다고 알려져 있다. 왕위에 오른 뒤 격무에 시달리면서 식사 시간을 놓친 경우가 많아졌는데, 그는 잠들기 전에 반드시 거른 끼니를 보상받았다.) 저녁 식사에 참석했던 자들의 정체를 쉽게 파악할 수 없던 배경에는, 로마니의 조혼 풍습과 높은 출산율, 그리고 가족 이외의 타인에게 배타적인 성향이 숨겨져 있다. 로마니 왕의 죽음을 직접 목격한 자들 역시, 로마니에겐 자살하는 전통이 없다고 믿는 자들과, 고귀한 왕족의 생각과 행동을 제약할 전통 따위는 존재하지 않는다고 반박하는 자들로 뒤섞여 있었기 때문에 서로 상반된 내용을 증언했다. 죽기 전날까지 마티아스는 유대인 시오니스트들에게 동족의 운명을 거래하고 있다는 정적들의 비난에 시달리고 있었다.

자살이든 타살이든 간에 마티아스의 죽음에 야누스가 깊이 관련되어 있다고 주장하는 사람들도 나타났는데, 그들은 야누스의 사촌이자 후계자였던 루돌프 퀴에크Rudolf Kwiek의 진술을 근거로 들고 있다. 루돌프는 야누스가 로마니의 왕을 뽑는 선거에 입후보하기도 전에 에티오피아의 일부를 로마니의 영토로 내어달라고 요구하기 위해 자신을 이탈리아의 무솔리니에게 보냈으며 로마니 왕의 대관식에 폴란드와 이웃 나라의 유력 인사들을 대거 초대하여 성대히 치른 까닭도 무솔리니의 결단을 재촉하기 위함이었다고 회상했다. 평소 허풍이 심하고 즉흥적 언행을 일삼은 루돌프의 기억을 전적으로 믿을 수는 없지만, 마티아스가 갑작스레 죽기 전까지 바르샤바 외곽에서 항아리를 수리하던 야누스가 그토록 짧은 시간에 권력을 잡고 파격적인 정책을 노련하게 추진할 수 있었던 비결만큼은 루돌프의 진술 덕분에 짐작할 수 있다. 마티아스와 요셉을 모두 반대하던 자들이 로마니의 통합을 위해 오랫동안 야누스를 대안으로 준비해왔다는 주장도 설득력이 있다. 하지만 야누스가 마티아스를 암살했다는 소문 역시 늙은 개처럼 왕실 주변을 오랫동안 떠돌아다녔다.

(여기까지 읽은 자에게 영광을! 마티아스의 미망인인 유리아 퀴에크는 자신이 헝가리의 귀족 집안에서 태어났다고 주장했다. 전쟁으로 가족과 재산을 잃고 홀로 길거리 생활을 하다가 로마니 서커스단에 합류하면서부터 로마니가 되었다는 것이다. 열한 살의 나이에 그녀는 자신보다 여덟 살이 많은 마티아스를 만나 결혼했다. 청년들 중에서 마티아스가 가장 말수가 적고 가장 키가 작았으며 또래 여자들에게서 거의 주목받지 못했기 때문에 그를 남편으로 선택했다고, 마티아스의 장례식에서 미망인은 조문객들에게 고백했다. 남편이 여자들 사이에서 인기가 없어야 자신이 마음 놓고 아이들을 키우고 집안일을 할 수 있을 것이라고 생각했단다. 그녀의 병적인 의부증은 남편과 주변 사람들을 끊임없이 괴롭혔다.

남편이 로마니의 왕으로 등극한 뒤로 상황은 더욱 나빠졌다. 그녀는 왕궁을 방문하는 자들을 모두 감시했으며 남편이 외부 일정으로 외출하게 되면 감시자를 은밀하게 붙이거나 자신이 직접 뒤따랐다. 나중엔 아예 모든 공적인 행사에 왕과 왕비가 함께 참석해야 한다고 고집을 피웠다. 당연히 그녀는 아이와 가정을 돌보는 일에 소홀할 수밖에 없었고 태어난 지 한 달이 채 되지 않은 아이를 방치했다가 죽음으로 내몰았다. 그 사건으로 마티아스는 더 이상 아내에게 애정을 느끼지 않게 되었는데, 정작 그녀는 인과관계를 깨닫지 못하고 남편의 외도를 의심했다. 그래서 더 많은 감시자를 고용했고 그들이 집 안에 수시로 드나들었기 때문에, 로마니 사이에선 오히려 왕의 네 아이 중에서 적어도 두 명은 아버지가 다를 것이라는 소문이 나돌았다. 남편에 대한 칭송이 높아질수록 유리아의 불안감도 함께 커져갔다. 마티아스가 죽기 전날에도 부부는 심하게 다퉜다. 다음

날 아침에 왕비를 만난 신하들은 남편이 자신을 죽이지 않으면 자신이 남편을 죽이게 될 것이라는 술주정을 들었다. 그리고 그녀의 예언대로 그날 저녁 남편이 총에 맞아 죽었다. 너무 많은 피를 흘려 의식을 잃어가고 있는 남편을 병원으로 곧장 옮기지 않고 핏자국 위에서 끌어안은 채 영원한 사랑의 고백을 강요하는 그녀의 모습은 결코 그리스 비극의 감동을 재현해내지 못했다. 오히려 그녀는 남편의 죽음이 알려지기 전에 유산부터 챙기려는 악덕 채권자처럼 보였다. 현장에서 사라진 살인자의 정체를 알고 있을 유력한 목격자인데도 그녀는 끝까지 함구했다. 결국 살인 사건은 미제로 빠져들었고 새로운 로마니 왕이 등장하기 전까지 갈등과 반목의 구실이 되었다.)

왕위를 차지하기 위한 경쟁이 치열해지면서 로마니의 왕조에 대한 존경심은 사라지고 당장이라도 동족끼리 전쟁을 일으킬 것 같은 험악한 분위기가 이어졌다. 야누스는 자신의 야심을 드러내지 않은 채 정적들을 마치 서로의 꼬리를 물고 있는 뱀처럼 연결시켰다. 그러고는 가장 약해 보이는 정적을 도와 다른 정적의 급소를 물게 했다. 어떤 자의 승리는 다른 자의 패배로 이어졌고 연쇄적인 승리와 패배는 그 원 안에 갇혀 있던 모두를 궁극적으로 패배시켰다. 마침내 그 원 가운데에서 홀로 남아 있던 야누스가 한없이 너그러운 모습으로 등장하여 혼란을 수습하고 선거와 대관식을 준비하기 시작했다. 저항하는 자들이 없지 않았으나, 그는 로마니라면 누구라도 민주적인 절차에 의해 로마니의 왕이 될 수 있다는 원칙을 공표함으로써 그들을 제압했다. 야누스는 폴란드 주요 인사들과 이웃 나라의 외교관들에게 초대장을 발송하고 로마니 거주 지역마다 행사를 알리는 포스터를 붙였다. 그리고 사재를 털어 행사에 필요한 물품과 음식을 준비했다. 승리에 대한 확신 없이는 결코 불가능한 헌신이었다. 그날의 행사를 주관하는 자가 대관식의 주인공이 될 것이라는 소문을 듣지 못한 채 그곳에 모여든 로마니는 거의 없었다.

1937년 3월 25일 저녁, 마티아스 퀴에크는 자신의 아파트에서 왕관과 망토, 왕홀로 치장하고 허리춤에 권총까지 찬 채 손님들을 맞이했다. 왕이 안내한 식탁 위에는 소의 내장으로 만든 수프와 호밀빵, 삶은 돼지 다리, 소시지, 럼과 와인이 놓여 있었다. 왕은 식사에 앞서 선왕의 업적에 감사하고 로마니의 미래를 축원하는 기도를 올린 다음 로마니 왕조의 전통에 따라 연장자의 그릇부터 수프를 채웠다. 하지만 와인은 자신에게 맹종을 약속한 손님의 잔에만 따라 줄 작정이었다. 식사 내내 왕은 로마니를 박해한 이웃의 부당함에 대해 격정을 토해냈다. 하지만 형편없는 수프 맛에 크게 실망한 손님들에게 왕의 열변은 요리사의 실수를 은폐하기 위한 허풍이거나, 자신의 영구 집권 계획을 정당화하려는 변명으로밖에 들리지 않았다. 마티아스 대신 요셉을 지지하던 손님들은 그 자리에서 서둘러 빠져나가고 싶었으나 끊임없이 제공되는 음식과 술 때문에 자유를 얻을 수가 없었다. 조급하게 삼킨 음식과 독주는 그들의 이성과 감각을 마비시키는가 싶더니, 급기야 시공간과 주객을 구분할 수 없는 지경까지 이르도록 만들었다. 몸의 중심을 잃고 기울어지던 자가 다급히 손을 뻗어 붙잡은 것은 왕의 허리춤에 달린 권총의 방아쇠였다. 바닥을 내리치는 채찍 소리가 일순간 사위를 정지시켰다. 일제히 웅크린 자들은 꼼짝하지 않은 채 공포가 지나가길 기다렸다. 그래서 누가 살았고 누가 죽었는지는 쉽게 분간할 수 없었다. 이웃의 신고를 받은 폴란드 경찰들이 뒤늦게 나타났을 때 살인 현장엔 한 구의 시체와 다수의 목격자만 남아 있었다. 경찰들은 모호하고 복잡한 퀴에크 가문의 가계도를 꼼꼼히 따라가면서 용의자들의 신분을 확인하고 범행 동기를 추궁해보았으나 끝내 범인을 찾아낼 수 없었다. 결국 퀴에크 가문의 요청에 따라, 마티아스의 죽음은 암울한 로마니의 현실을 고발하고 동족의 단결을 자극하기 위해 왕이 충동적으로 벌인 해프닝으로 봉인되었다. 그래서인지 왕의 주검을 받아 든 로마니는 지난 시절에 대한 슬픔보다는 새로운 시대에 대한 기대감으로 충만했다. 특히 반쪽뿐인 권위 때문에 불안해하던 요셉 퀴에크나, 마티아스의 쿠데타를 돕고서도 정당한 대우를 받지 못해 불만스러웠던 바질 퀴에크는 결코 이 기회를 놓치고 싶지 않았다. 그래서 마티아스의 장례식을 주도하여 자신의 입지를 과시하려고 시도했다. 하지만 그들은 전혀 예상하지 못한 정적의 등장 이후 급격히 권력을 잃고 쓸쓸히 사라졌다.

마티아스는 야누스의 자질과 야심을 이미 간파하

고 있었다. 그래서 왕이 된 뒤부터 적당한 거리를 유지한 채 부당한 명령으로 끊임없이 그를 굴복시키려 했다. 하지만 조심성 많은 야누스는 항아리 수선공의 신분에서 벗어나는 언행을 극도로 자제하면서 마티아스와 정적들의 견제를 피하는 한편, 훗날 로마니 왕으로서 신민들을 매료시킬 비전과 정책을 은밀하게 준비했다. 그러다가 갑자기 로마니의 왕이 죽자, 조금도 머뭇거리지 않고 자신의 계획을 실천에 옮겼다. 로마니만의 독립국가를 세우려는 요셉의 지지자들을 흡수하기 위해, 야누스는 루돌프를 무솔리니에게 보내어 에티오피아를 불하해달라고 요구했다. 또한 마티아스 지지자들이 서명한 탄원서를 들고 폴란드 정부 청사를 직접 방문하여 고인이 의욕적으로 추진하던 정책들이 중단되지 않도록 지원을 요청했다. 만약 새롭게 선출될 로마니 왕을 폴란드 정부가 공식적으로 인정해준다면 무솔리니도 대답을 미룰 수 없을 것이므로 적어도 폴란드에서의 로마니 문제는 자연스럽게 해결될 것이라고 설득한 끝에 대관식 당일 폴란드 총리를 비롯한 고위 관료들의 참석을 약속받았다. 그런 다음 야누스는 자신의 입후보 사실을 숨긴 채 선거의 결과에 무조건 수긍하겠다는 다짐을 정적들에게서 받아냈다. 루돌프를 후보로 등록시켜 그로 하여금 경쟁자들과 비슷한 이미지와 공약을 복제하게 함으로써 선거인단의 선택을 어렵게 만든 것도 야누스의 아이디어였다. 정작 그는 항아리 수선공에게는 전혀 어울리지 않는 턱수염과 콧수염을 길러 자신의 온화한 성품과 카리스마를 동시에 강조했다.

로마니 왕 선거와 대관식이 열리기 한 달 전부터 바르샤바 육군 경기장 주위는, 기괴한 풍속과 해독 불가능한 언쟁과 음란한 해프닝으로 요란했다. 폴란드뿐만 아니라 헝가리, 루마니아, 프랑스, 네덜란드에서 몰려든 로마니에게 일자리와 음식을 나누어 주던 바르샤바 시민들조차 자신의 호의가 오히려 이웃의 안전과 평화를 위협하게 되었다고 여기면서, 로마니에게 정작 필요한 건 그들만의 왕과 영토가 아니라 잔혹한 노예 상인과 돼지우리라는 주장이 득세하기 시작했고, 자경단이 등장하여 로마니의 포장마차에 불을 지르고 혼비백산한 자들을 붙잡아 린치를 가하기도 했다. 결국 수백 명의 기마경찰이 배치되면서 혼란의 기세는 다소 꺾였으나, 로마니를 통제하는 건 마치 폭풍 속에서 민들레 씨앗의 비행을 막는 일과 다름없었으므로, 바르샤바 시민들은 대관식을 성공적으로 마친 왕이 자신의 신민들을 데리고 도시를 서둘러 떠나주기만을 간절히 기도할 따름이었다.

행사 당일 하늘은 잔뜩 흐렸으나 다행히 큰비가 쏟아지진 않았다. 구경꾼들은 아침 일찍부터 운동장으로 몰려들었다. 99그로시Groszy로 책정되어 있던 입장료는 대관식이 시작할 무렵에는 150그로시까지 치솟았다. 하지만 대부분의 로마니는 20그로시만 지불하고 입장할 수 있었다. 관람석의 바르샤바 시민들이 기대했던 건 로마니 왕조의 근엄한 의식이 아니라 서커스나 연주회처럼 흥미로운 볼거리였다. 하지만 경기장 안까지 포장마차를 몰고 들어온 로마니 때문에 여기저기서 소란이 일자 폴란드 기마경찰들은 다시 로마니의 역사에 개입하지 않을 수 없었고 예정보다 두 시간 남짓 행사가 지연되면서 관람객들의 원성은 더욱 높아졌다.

간신히 단상이 완성되고 선거인단으로 참여할 서른 명의 상원이 선정되는 사이, 두 명의 후보자가 추가로 등록을 마쳤다. 하타니스 퀴에크와 존 고울레스코는 후보 자격을 충족시키지 못했지만 각국의 외교사절과 기자 들 앞에서 행사를 극적으로 연출하는 데 도움이 될 것이라는 원로들의 조언에 따라 예외로 받아들여졌다. 백여 명의 무리를 독자적으로 이끌고 있던 하타니스의 갑작스러운 등장에 긴장하지 않은 후보자는 없었다. 반면 입후보자 중 유일하게 퀴에크 가문 출신이 아닌 존 고울레스코에 대해서는 거의 알려진 바가 없는데, 축하 공연의 연출가로 초대되었다가 입후보한 그는 로마니를 위한 상설 극장을 바르샤바와 파리에 세우겠다는 공약을 내걸었으나 단 한 표도 얻지 못한 채 낙선했으며, 선거 뒤에 파리의 몽마르트 언덕에서 거리 공연으로 연명했다고 전해진다.

야누스 퀴에크는 정적들을 압도하면서 새로운 로마니 왕으로 당선되었다. 말끔한 연미복 차림의 그가 모자를 벗어 관람석을 향해 흔들자 관중들은 일제히 환호와 박수로 화답했다. 곧이어 바르샤바 그리스정교회의 피터 테오도로비치 대사제가 단상으로 올라와 새로운 로마니 왕에게 왕관과 왕홀을 수

여하고 망토를 입혀준 뒤 성수를 뿌렸을 때, 잠시나 마 바르샤바 시민들과 로마니는 인류애를 느꼈다. 새로운 로마니의 왕은 단상 위에서 왕관과 왕홀과 망토로 자신의 위엄을 한껏 과시한 다음 이렇게 약속했다.

"나는 선왕의 유지를 계승하여 로마니의 안녕과 번영을 도모하는 데 나의 일생을 모조리 바칠 각오가 되어 있다. 그래서 우선 각국의 지도자들에게 전보를 보내어 새로운 로마니 왕조의 시작을 알릴 것이다. 그런 다음 무솔리니 수상을 직접 찾아가서 로마니 국가를 세울 영토를 약속받은 뒤 국제연맹에 인도적 지원을 청원하겠다.[ii] 나와 내 가족이 살아 있는 한 어느 누구도 로마니의 숙명을 바꿔놓지 못하리라."

야누스가 연설을 마치자 쉰여 명의 배우와 연주자가 단상으로 뛰어올라와 축하 공연을 시작했다. 악

ii 1937년 7월 7일, 《위니펙 프리 프레스Winnipeg Free Press》.

기와 무대장치는 조악했지만 로마니 특유의 애상적 파토스와 낙천적 레퍼토리에 열광한 관중들은 새벽까지 자리를 지켰다. 로마니는 그 행사가 끝난 뒤에도 거의 일주일 동안 운동장을 점유한 채 노숙을 하다가 기마경찰들에게 쫓겨 바르샤바 외곽으로 물러났다.

왕위를 둘러싸고 벌어졌던 갈등은 선거 이후에도 심각한 후유증을 남겼다. 낙선에 크게 상심한 하타니스는 캐트 숲에서 권총으로 자살했다.[iii] 선거가 부당하게 치러졌다고 의심한 바질 퀴에크의 지지자들은 쿠데타를 도모했다가 열 명이 죽고 스무 명이 다쳤다.[iv] 자취를 감춘 요셉을 두고 야누스가 그를 살해하여 한밤중에 비스와강에 던졌다는 소문이 떠돌았다. 마티아스 퀴에크의 미망인은 바르샤바 경찰서

iii 1937년 7월 8일, 《헌팅턴 데일리 뉴스Huntington Daily News》.

iv 1937년 7월 6일, 《싱가포르 프리 프레스The Singapore Free press and Mercantile advertiser》.

를 찾아가 신변 보호를 요구하면서, 야누스가 대관식 비용 325즐로티Zloty를 착복했다고 고발했다.

새로운 로마니 왕은 정쟁을 피하지 않고 정면으로 응전했다. 그는 하타니스 퀴에크의 장례식에 참석하여 고인을 남작으로 추서하고 유가족에게 경제적 지원을 약속했다. 반역의 죄를 물어 바질 퀴에크를 파문하고 로마니 왕의 권위가 미치는 모든 곳에서 영구히 추방했다. 그 대신 요셉의 지지자들을 배척하지 않고 왕정의 중책을 맡기며 회유했다. 대관식 수입금뿐만 아니라 전왕의 재산까지 모두 공개한 뒤 로마니 왕조에 귀속시켰고 전왕의 미망인을 명예훼손 혐의로 폴란드 법정에 고소했다가 선고 직전에 소를 취하하면서 약간의 위로금까지 지급했다. 폴란드뿐만 아니라 이웃 나라에 거주하는 신민들에게도 로마니 왕정의 소식을 알리는 인쇄물을 정기적으로 배포했고, 음악과 춤을 장려하여 연대의식을 고취시켰다.

(여기까지 읽은 자에게 영광을! 폴란드 정부가 로마니 왕의 선거와 대관식을 지원하겠다고 결정하는 데에는 나치의 군사적 준동이 큰 영향을 미쳤다. 목전의 전쟁을 대비하여 폴란드 정부는 부유한 유대인들에게서 군비를 거둬들이는 한편, 슬라브족이 아닌 소수민족들을 군인으로 징병하는 방안을 검토했다. 새로운 로마니 왕과의 협상을 통해 독일과의 국경 지역에 로마니 자치 구역을 만들고 로마니를 이주시켜 인간 방패로 삼으려 했으나, 나치가 폴란드 정부의 예상보다 훨씬 빨리 국경을 넘어 바르샤바 외곽까지 진격하면서 계획은 끝내 실행되지 않았다.)

(여기까지 읽은 자에게 영광을! 선거 전날 로마니 천막촌에서 두 차례의 큰 화재가 발생했다. 나치 활동에 고무된 극우 단체들이 부다페스트를 쓰레기장

으로 만들고 있는 로마니를 처리하기 위해 중세에 쥐 떼를 없애던 방식대로 불을 사용한 게 분명한데도, 정작 수십 명의 기마경찰은 비극을 확실히 예방하거나 능숙하게 처리하지도 못한 채, 그저 로마니의 정치적 갈등에서 비롯된 사건이라고 어설프게 결론짓고 조사를 서둘러 마무리했다. 로마니는 자신들의 권리를 보장받기 위해서라도 왕이 필요하다는 부류와 더 이상 이웃의 적개심을 자극하지 않으려면 선거와 대관식을 중단해야 한다는 부류로 나뉘었는데, 훗날 나치의 절멸 수용소에서 학살당한 로마니 사이에는 전자와 후자의 구분이 없었다.)

(여기까지 읽은 자에게 영광을! 선거관리위원회가 천명한 원칙에 따르면 왕을 선출할 상원 후보는 선거 당일 현장에서 로마니 3백여 명 이상의 추천을 받아야 했으나, 후보자들 대부분이 선거 직전에 현장에 도착한 데다가 자신이 후보로 등록된 사실조차

모르고 있는 자까지 있었다. 하지만 선거가 시작되자 그들은 일사불란하게 행동했고 한 시간이 채 지나기도 전에 선거 결과를 발표했다. 일부 상원들은 선거에 앞서 내기를 벌였는데, 돈을 크게 따거나 잃은 자는 없었다. 새로운 왕이 즉위하자마자 그들은 자취를 감췄다.)

(여기까지 읽은 자에게 영광을! 새로운 로마니 왕이 대관식에서 걸친 의복과 장신구는 그 당시 국립 바르샤바 극장에서 상연 중이던 연극 〈리어왕〉의 소도구였다. 퀴에크 가문을 통해 대물림되고 있던 진짜 왕관은 마이클 퀴에크 2세가 이탈리아 여행 중에 분실했다. 호사가들은 그때 이미 로마니의 운명이 결정되었다고 수군거렸다. 리어왕은 빗속에서 만난 글로스터에게 이렇게 말하지 않았던가. "그런데 경은 우리가 왜 울면서 태어나는 줄 아는가? 바로 바보들만 살고 있는 세상에 나온 것이 슬프기 때문이지.")

(여기까지 읽은 자에게 영광을! 바르샤바 그리스정교회의 대사제는 로마니 왕조를 인정하지 않았다. 하지만 정부 고위 관료와 주요 신문사 기자 들이 대관식에 참석할 것이라는 이야기를 듣고 마음을 바꾸었다. 폴란드가 로마니와 같은 이교도에게 점령되었다는 치욕스러운 이야기를 듣고 싶지 않았기 때문이다. 현재의 총대주교가 고령인 만큼 그의 후계자를 선출할 선거가 조만간 열릴 예정이므로 그 전에 자신의 인지도를 높일 수 있는 절호의 기회라고 판단했다. 하지만 궂은 날씨 때문에 자신의 예상보다 훨씬 적은 숫자의 고위 관료와 기자 들만이 행사장에 나타나자 그는 자신의 결정을 후회했다. 그래서 대관식이 진행되는 내내 침울한 표정을 짓고 있다가 우스꽝스러운 복장을 한 로마니 왕에게 건성으로 기도문을 읽어주었던 것이다. 그리스정교회의 고위 성직자들은 총대주교의 허락 없이 이교도의

행사에 참석한 대사제의 행동이 파문의 사유가 되는지 교리를 면밀하게 검토한 뒤 구두 경고를 전달했다. 그 뒤로 대사제는 대중 앞에 모습을 거의 드러내지 않았다.)

(여기까지 읽은 자에게 영광을! 야누스는 루돌프를 자신의 후계자로 오래전부터 낙점해두었으나 언제든 배신을 당할지도 모른다고 걱정했다. 그도 그럴 것이 야누스가 내세운 일련의 공약은 루돌프에 의해 실현되고 있었기 때문에, 자칫 로마니 신민들이 자신과 루돌프를 구별하지 못할 위험이 다분했다. 자신의 명령에 따라 로마니 왕 선거에 입후보했는데도 루돌프는 선거 연설 중에 야누스의 공약을 비판하기까지 했다. 그래서 야누스는 왕위에 등극한 직후 자신의 후계자를 루돌프에서 하타니스로 바꾸는 것을 심각하게 고민했다. 이를 눈치챈 루돌프는 야누스의 신의 없음에 크게 실망했고 야누스가 죽을

때까지 그를 용서하지 않았다. 하타니스가 자살하자 야누스는 자신이 너무 과민하게 반응했다고 후회하며 루돌프와의 화해를 시도했지만, 그가 아무리 출중한 항아리 수리공이라 하더라도 이미 금이 간 신뢰까지 감쪽같이 수리할 수는 없었다.)

(여기까지 읽은 자에게 영광을! 전왕의 미망인은 남편의 장례식장에서 돌아오면서, 새로운 로마니의 왕이 강제로 침묵시킬 다음 희생자가 자신일 것이라고 확신했다. 왕실의 문란한 사생활이 로마니 왕조의 위신을 크게 훼손하고 있다는 비난을 새로운 로마니의 왕에게서 직접 들었기 때문이다. 선거에 앞서 자신에게 약속한 위로금을 지급하지 않은 것이나, 남편의 재산까지 모두 로마니 왕조로 귀속시킨 조치를 통해 새로운 왕은 분명한 메시지를 보내왔다. 그래서 미망인은 목숨을 구할 방법을 스스로 찾지 않으면 안 되었다. 그녀는 남편과 친분이 있던 폴란드

경찰을 찾아가 신변 보호를 요청하는 한편 안락한 여생에 필요한 자금을 마련하기 위해 남편의 재산을 헐값에 내놓았다. 하지만 폴란드 경찰과 법원은 그녀의 요청을 방관과 태업으로 대응함으로써 새로운 왕의 권위를 지지했고, 신민들 역시 재앙을 몰고 올 유혹에 관심을 전혀 보이지 않았다. 야누스는 야반도주를 준비하던 미망인에게 충복을 보내어, 두 번 다시 폴란드로 돌아오지 않겠다는 약속을 받아낸 뒤에야 비로소 화해의 징표로, 고작 두어 마리의 닭을 살 수 있을 정도의 위로금을 건넸다.)

새로운 로마니 왕은 자신보다 뛰어난 왕이 이전에는 분명 존재했으나 이후에는 결코 나타나지 않을 것이라고 확신했다. 이런 확신은 그에게 사명감을 각인시켰다. 아직까지 로마니는 존엄한 인간이자 세계 시민으로서 대접받지 못하고 있지만 반드시 자신의 임기 내에 로마니만의 독립국가를 세우고 신민들의 습속과 성정을 교정하여 굴욕의 역사를 끝내겠다고, 그는 바르샤바 육군 경기장 안팎을 채운 축하객들과 일일이 악수하면서 다짐했다. 하지만 술과 음악에 취한 축하객들은 망토와 왕관을 벗은 왕을 알아보지 못했다.

대관식에서 로마니의 왕이 밝힌 세 가지 공약은 끝내 지켜지지 않았다. 새로운 로마니 왕의 등극 소식을 알리기 위해 각국의 지도자들에게 발송하겠다던 전보는 막대한 비용 때문에 우편으로 대체되었다. 두 번째 공약에 따라 왕은 경호원들을 이끌고 로마를 방문했으나 끝내 무솔리니를 만날 수 없었다. (여기까지 읽은 자에게 영광을! 당시 무솔리니는 낮에는 유럽과 아프리카의 국경을 새로 그리느라, 밤에는 어린 애인과 사랑을 나누느라 너무 바빴다. 게다가 그는 히틀러가 유대인과 로마니를 처리하기 위해 마련해둔 최종 해결책을 미리 알고 있었기 때문에 로마니 왕을 굳이 만날 이유가 없었다.) 왕은 제네바의 국제연맹 본부를 찾아가서 로마니 문제를 가장 평화롭게 해결할 방법을 제시했으나 이마저도 철저히 무시당하자, 폴란드 수상에게 중재를 요청하는 성명을 발표했다. (여기까지 읽은 자에게 영광을! 독일과 이탈리아의 탈퇴 이후 국제연맹은 통제력을 급격히 잃어갔고 회원국들은 각자 전운에서 비켜갈 방법을 모색하고 있었으므로 로마니 왕이 벌인 해프닝 따위에 신경 쓸 여유가 전혀 없었다.)

연이은 실패에도 불구하고 정력적인 활동을 멈추지 않는 왕의 모습에 신하들은 적이 당황했다. 그들은 왕실과 지지자들의 안위와 번영에 집중할 필요가 있다고 왕에게 충고했다. 왕 역시 갖가지 유혹에 시달리지 않은 건 아니었다. 점점 가깝게 다가오고 있는 불행으로부터 신민들 모두를 지켜낼 수 없다는 사실을 그도 잘 알고 있었다. 지금 몇 명이라도 살리는 게 훗날 모두를 살리는 방법이었다. 하지만 신민들을 안전하게 숨겨줄 이웃이나 현실은 어디에도 존재하지 않았다. 모두가 나서지 않으면 소수조차 살릴 수 없다고 왕은 생각했다. 로마니의 과거와 미래를 더욱 자세히 알게 되면서 공명심은 사라지고 동정심만 남았다. 그래서 왕은 자신을 회유하려는 신하들을 모조리 내치고 가족마저 멀리했다. 사욕을 위해 대의를 저버리는 자를 왕은 결코 묵인하지 않았다. 심지어 왕의 후계자인 루돌프조차 수시로 왕의 시험에 통과해야 했다.

비록 언어와 국적이 다를지라도 모든 로마니는 음악과 춤으로써 자신의 감정을 표현하고 상대방의 메시지를 이해할 수 있기 때문에, 왕은 바이올린을 가깝게 두고 주요한 결정을 내려야 할 때마다 그걸 연주했다. 하지만 예술가로서의 재능을 거의 타고나지 못해서 그의 연주는 청중들을 불쾌하게 만들었을 뿐이다. 그는 왕실 전속 악단을 구성하여 왕실의 중요 행사에 참석시켰는데, 그들의 실력 역시 왕의 기대를 만족시킬 수 없는 수준이어서 그들이 연주를 시작하면 행사의 목적은 단숨에 사라지고 조롱과 야유만 남았다.

새로운 왕은 이전의 왕들과는 달리 로마니의 영토만큼이나 역사를 중요하게 여겼다. 역사책을 지닌 민족은 결코 절멸시킬 수 없기 때문에, 국가를 세우기 전에 역사부터 먼저 가르쳐야 한다고 그는 강조했다. 세상 곳곳을 유랑한 노인들이야말로 로마니 최고의 역사 선생이라고 믿어 의심치 않은 왕은 틈만 나면 신하들을 대동하고 노인들을 찾아가서 그들의 이야기를 들었다. 그리고 매달 한 번씩 자신의 집무실로 아이들을 불러 모아 자신이 전해 들은 이야기를 들려주었다. 명석한 아이들의 질문에 왕은 한껏 고무되기도 했다. 하지만 불안한 국제 정세에 대처할 방법을 변통하느라 왕의 참석이 뜸해지면서 이 행사는 흐지부지되고 말았다. 그사이 많은 노인이 굶주림과 질병에 굴복하여 암흑과 침묵의 책으로 변신하고 말았다.

전왕의 실패를 반복하지 않기 위해 야누스는 병원 건립을 신중하게 추진했다. 대신 신민들에게 위생적 생활환경과 습관이 최상의 의술이라는 사실을 이해시키려고 노력했다. 그래서 그는 왕궁 주변과 집무실을 직접 청소하는 모습을 신하와 신민 들 앞에서 자주 보였다. 마을 공동 우물 주위에 감시원을 배치하여 식수를 오염시킬 수 있는 행동을 금지시켰고 오물로 가득 찬 웅덩이를 흙으로 메우고 그 위에 나무를 심게 했다. 쥐 대신 고슴도치 요리를 장려했고 병아리를 무료로 나눠 주었다. 설사와 고열에 특효를 지닌 것으로 알려진 식물들을 왕궁의 마당에 심고 아픈 자들이 언제든지 채취할 수 있도록 허락했다. 양잿물을 제조하여 여자들에게 빨래하는 방법을 가르쳤고, 아이들을 수시로 소독해서 머릿니가 전파되는 걸 막았다. 공공장소에서 포크 대신 손으로 음식을 먹는 자들을 태형으로 다스렸다. 신민들에게 어느 정도의 위생 관념이 생겼다고 판단한 왕은 왕궁 한곳을 비우고 진료에 필요한 설비들을 채워 넣은 뒤 폴란드 출신의 의사를 초빙했다. (여기까지 읽은 자에게 영광을! 나치는 절멸 수용소의 가스실을 마치 욕실처럼 꾸며놓고 로마니를 그곳으로 밀어 넣었다. 대부분의 로마니는 나치의 의도를 의심하지 않았는데, 이는 야누스의 책임이 크다. 그가 로마니의 습관을 바꿔놓지 않았다면 더 많은 로마니가 절멸 수용소에서 살아남았을 것이다.) 병원 운영비는 왕실 소유의 말과 포장마차를 팔아서 마련했다. 하지만 개소한 지 한 달도 채 지나지 않아서 전쟁이 일어나는 바람에 왕은 피신하지 않을 수 없었고, 로마니 최초의 병원도 영원히 폐쇄되고 말았다. (여기까지 읽은 자에게 영광을! 훗날 그 폴란드 의사가 남긴 기록에 따르면, 그는 당시 폴란드 젊은이들에게 유행했던 인도주의와 국제주의 사상에 매료되어 있었다. 특히 에스페란토어를 발명했던 안과 의사 자멘호프를 존경했단다. 그래서 선의를 펼칠 기회를 찾아 그곳으로 왔다. 하지만 첫날부터 그는 마치 인질이나 범죄자처럼 감시당했고, 환자라곤 왕의 직계가족과 친척들뿐이었다. 그가 세운 야학당에는 단 한 명의 학생도 나타나지 않았다. 처음엔 외부인에 대한 경계심 때문이라고 짐작했으나, 야누스를 제외한 퀴에크 가문 일원들이 병원과 야학당에 일반인이 출입하는 걸 교묘하게 막고 있다는 사실이 밝혀지면서 그는 크게 실망했다. 왕을 찾아가 항의하려 했으나 이마저도 왕의 측근들에게 제지당하자 의사는 희망을 스스로 거둬들였다.)

유대인의 시오니즘은 나치의 망상과 광기도 함께

자극했다. 유럽 곳곳에 절멸 수용소를 세우고 홀로코스트를 주도한 하인리히 힘러Heinrich Himmler는 순수한 혈통의 로마니가 모여 살 곳으로 오스트리아의 부르겐란트Burgenland를 제안했다. 하지만 정작 그의 관심은 전체 로마니 인구의 90퍼센트를 차지하고 있는 혼혈 로마니를 처리하는 데에만 쏠려 있었는데, 부르겐란트 정부가 반발하자, 힘러는 자신의 제안을 즉시 철회하고 부르겐란트의 모든 로마니를, 순혈이든 혼혈이든 관계없이, 다하우Dachau 수용소로 보내라고 명령했다. 그리하여 오스트리아는 나치가 절멸 수용소를 세운 최초의 국가이자 로마니에게 최초로 거주 증명서를 발급한 국가가 되었다.

야누스는 더 이상 강대국들의 선처를 기다릴 수 없었다. 그래서 그는 자신의 동족들을 데리고 동쪽으로 이동하기로 결심했다. (여기까지 읽은 자에게 영광을! 최종 목적지가 몰도바였다고 증언하는 자들이 있는가 하면, 이슬람에 귀의한다는 조건으로 터키와 합의했다고 주장한 자들도 있었다.) 그래서 폴란드 주요 지역과 이웃 국가의 로마니에게까지 신하들을 보내어 이 사실을 알렸다. (여기까지 읽은 자에게 영광을! 야누스의 명령을 받아 든 신하들 대부분은 자신의 임무를 망각한 채 가족만을 데리고 먼저 도망쳤기 때문에 정작 왕의 메시지를 전달받은 신민들은 거의 없었다. 이 사실을 알지 못한 야누스는 절멸 수용소에 갇힌 신민들이 엄청나게 많다는 사실을 알고 몹시 괴로워했다. 가족과 함께 도망치다가 나치에 붙잡혀 수용소에 끌려온 신하들은 그곳에서 만난 왕에게 끝까지 거짓말을 했다.) 하지만 대부분의 로마니는 자신이 유랑의 족속이라는 사실도 잊은 채 오랫동안 가꾼 생활 터전에서 떠나려 하지 않았다. 자신처럼 천하고 쓸모없는 인간은 나치조차 어떻게 하지 못할 것이라고 낙관하는 자들도 많았다. (여기까지 읽은 자에게 영광을! 하지만 그들은 어떤 인간이든 불에 태우면 기름을 얻을 수 있고 그 기름으로 어둠을 밝히고 비누를 만들 수 있다는 사실을 간과했다.) 야누스가 그들을 설득하기 위해 직접 나섰을 땐 이미 나치의 군대가 바르샤바 주변을 둘러싼 뒤였다. 그는 탈출할 마지막 기회를 포기한 채 신민들과 똑같은 운명을 순순히 받아들였다.

1939년 9월 바르샤바에 입성한 나치는 로마니의 검거와 격리 작업이 예상보다 더디게 진행되자 로마니 왕을 찾아와 신변을 보장해주는 조건으로 협조를 요구했다. 하지만 야누스는 추악한 거래를 일언지하에 거절했고, 그 결과 베우제츠 수용소에 갇혔다. 야누스는 그곳에서 2천5백 명의 신민과 함께 참호를 파거나 철망을 치는 노역을 했다. 매일 수십 명씩 죽어 불태워지는데도 수감자의 숫자는 오히려 늘어났기 때문에, 나치의 수뇌부는 유럽에서 로마니를 전멸시키려면 얼마나 많은 수용소와 가스실을 건설해야 하는지 가늠조차 할 수 없었다. 설상가상으로 전쟁 초반의 승기마저 크게 꺾이면서 그들은 점점 초조해졌다. 박해받을수록 더욱 강인해지는 로마니에게 공포와 절망을 주입하기 위해서라도 로마니 왕의 공개 처형은 불가피했다.

사진으로 남은 야누스 퀴에크의 마지막 모습은 1943년 베우제츠 수용소의 입구에서 촬영되었다. 방한복을 껴입은 세 명의 나치 장교와는 대조적으로 야누스 퀴에크는 양복 차림에 넥타이를 매고 코트와 모자까지 걸쳤다. 산송장처럼 야윈 몸피와 표정이 지워진 얼굴에선, 6년 전 바르샤바 육군 경기장의 대관식에서 멋진 턱수염과 넉넉한 풍채를 자랑했던 로마니 왕의 권위를 결코 떠올릴 수 없었다. 그는 마치, 로마니 수감자들의 인권을 걱정하고 그들을 무사히 석방시키기 위해 만방으로 노력하고 있는 인류가 수용소 밖에 엄연히 존재하고 있다는 사실을 알리기 위해 파견된 특권 대사처럼 보였다. 수용소 안으로 들어가는 중인지, 아니면 밖으로 나가는 중인지는 명확하지 않았다. 하지만 나치 장교들의 경멸에 찬 표정에서 그를 기다리고 있을 비극적 운명을 충분히 짐작할 수 있다. 수용소 생활에 전혀 어울리지 않는 양복과 외투와 모자를 갖춰 입으면서 로마니 왕은 생환의 희망을 완전히 덜어내었을 테지만, (여기까지 읽은 자에게 영광을! 리어왕의 이런 대사라면 그의 심정을 충분히 대변할 수 있지 않을까. "아무것도 아닌 것으로부터 아무것도 아닌 것이 태어날 것이다."[v]) 자신을 처형한다고 한들 생에 대한 로마니의 의지까진 결코 꺾을 수 없다는 사실을 나치에게 알리고, 신민들에게는 결코 슬픔이나 죄책감으로 고통받지 말라고 호소하고 싶었다. 유럽이라는 거대한 대륙에 — 심지어 황무지마저도 — 로마니를 안전하게 숨길 장소가 전혀 없다는 사실보다, 수

v 원문은 이렇다. "Nothing will come of nothing."

천만 명의 유럽인 중에서 — 심지어 같은 처지의 이민자들까지도 — 로마니를 불쌍히 여기고 돕는 자가 거의 없다는 사실에 왕은 몹시 마음이 아팠다.

(여기까지 읽은 자에게 영광을! 위의 진술은 결코 사실이 아니다. 하지만 셈 로만디의 황제에겐 역사적 사실보다 역사책의 목적과 쓸모가 훨씬 중요했기 때문에 나를 겁박하여 거짓을 삽입하는 데 조금도 주저하지 않았다. 하지만 단 하나의 단어나 문장이 잘못되는 순간 수만 페이지에 달하는 역사가 통째로 부정될 수 있다. 왜냐하면 역사에서 인과율을 따르지 않고 일어나는 사건은 단 한 건도 없기 때문이다. 베우제츠 수용소 입구에서 나치 장교들과 함께 등장한 자는 야누스가 아니라 루돌프였다. 전쟁의 참혹함은 한 인간의 외모와 성정을 바꿀 수는 있어도 키와 골격마저 바꿀 순 없다. 6년 전 촬영된 대관식 영상과 그 사진을 대조해보면 진실은 분명해진다. 야

누스가 자신의 왕위를 루돌프에게 공식적으로 이양하지 않았는데도 나치는 루돌프를 야누스의 후계자로 간주하고 환대했다. 나치는 루돌프의 열등감과 야심을 정확하게 간파하고 있었던 것이다. 자신보다 훨씬 영리하고 용감한 야누스마저 굴복시킨 폭력 앞에서 루돌프가 선택할 수 있는 다른 운명은 없었다. 추악한 거래 덕분에 자신과 가족 열여섯 명의 목숨을 구할 수 있었으나 수치심마저 차마 마비시킬 순 없었는지 루돌프는 수용소 안의 동족들과 눈을 마주치지 않기 위해 모자를 깊이 눌러쓴 채 잔뜩 경직된 표정을 짓고 있다. 그를 경멸스럽게 바라보고 있는 나치 장교들은 마치, 로마니는 태어날 때부터 이미 죽은 자와 다를 바 없기 때문에 인간으로서 보호해주어야 할 권리 따윈 없다고 말하는 듯하다.)

절멸 수용소에 갇히기 전까지 야누스는 유대인 게

토에 구금되어 있었다.[vi] 그때까지도 그는 연합군이 전쟁에서 이길 것이고 자신과 로마니는 모두 살아남을 것이며, 정의로운 세력에 의해 유럽이 재건될 때 유대인과 로마니에게도 국가를 세울 기회가 반드시 찾아올 것이라고 낙관했다. 그때를 대비해서 전 세계에 흩어져 있는 로마니를 한곳으로 불러 모으려면 왕조에 대한 믿음이 절실하다고 판단했다. 그래서 그는 시오니즘을 변형하여 제 신민들에게도 적용하기로 결심하고 나치의 감시를 피해 유대인 지도자들과 접촉했다. 로마니 왕은 가는 곳마다 특유의 복장과 언어, 그리고 고약한 냄새 때문에 신분을 숨길 수가 없었다. 하지만 쾌활하고 예의 바른 태도 때문에 상대방은 쉽게 경계심을 거둬들였다. 유대인 부자가 절멸 수용소로 끌려가기 직전 자신의 죽음을 예감하

vi 바르샤바 유대인 평의회 의장임에도 불구하고 동족을 아우슈비츠에서 구해낼 수 없다는 비통함 때문에 결국 청산가리를 삼키고 자살했던 아담 체르니아쿠프Adam Czerniakow는 1942년 4월 22일 일기에 이렇게 적었다. "그들이 유대인 수용소로 퀴에크 왕을 포함하여 10명의 남녀 집시를 데리고 왔다."

고 거액의 재산을 로마니 국가의 건립 자금으로 제공하겠다는 유서를 작성했다. 바르샤바 외곽의 개활지를 사서 마을 하나를 만들 수 있을 만큼의 금액이었다. 글을 읽지 못하는 야누스는 그 서류를 제 목숨처럼 여기고 항상 몸에 지니고 다니다가 피난 중에 도둑맞았다. 도둑 역시 문맹이었기 때문에 그 문서의 가치를 깨닫지 못하고 있다가 독일군에게 그걸 빼앗긴 뒤에야 비로소 자신이 얼마나 크나큰 잘못을 저질렀는지 깨달았지만 로마니 왕에게 사죄할 기회를 끝내 얻지 못했다.

절멸 수용소 안에서 로마니와 유대인은 각자의 방식으로 저항했다. 하지만 유대인의 활약상은 널리 알려진 반면 로마니의 그것은 거의 알려지지 않았다. 로마니는 수용소에서도 노래를 부르고 춤을 추면서 절망과 대결했다. 그들은 거짓 희망에 쉽게 현혹되지 않기 때문에 자해와 가까운 행동은 거의 하지 않았다. 수천 년 동안 전염병과 가뭄, 굶주림에도 거뜬히 살아남은 그들이 나치의 수용소에서만큼은 거의 살아남지 못했던 까닭은 인간의 범죄가 자연의 섭리보다도 더욱 잔악하고 집요했기 때문이다. 그리고 그것은 나치보다 나치의 부역자들이 더 많았다는 반증이기도 했다. 나치를 찾아내고 없애는 건 쉽지만, 그들에게 부역한 뒤에 자신의 죄악을 숨긴 채 피해자들 사이에 숨어버린 자들을 없애는 건 거의 불가능하다. 그런 세계에서 로마니는 영원한 박해와 차별을 피할 수 없다.

비참한 죽음을 앞둔 야누스는 일반 수형자가 아닌 적국의 최고 지도자로 처우해줄 것을 요구했다가 나치에게 갖은 모욕을 당했지만 끝까지 물러나지 않았다. 신민들에게는 자신이 절멸 수용소에서 가장 먼저 죽거나 가장 마지막에 이곳을 빠져나갈 것이라고 공언했다. 자신의 주검을 방패와 계단 삼아 단 한 명이라도 이 지옥을 살아서 빠져나간다면 로마니가 절멸하는 역사는 결코 일어나지 않을 것이라고 그는 확신했다. 그래서 그는 연합군이 나치의 주력 부대를 궤멸시키고 베를린까지 진격하여 히틀러를 생포했으며, 그곳의 수용소에 갇혀 있던 대부분의 로마니가 무사히 석방되었다는 소문을 퍼뜨렸다. 그리고 이곳에 연합군이 도착하기 전에 로마니가 먼저 나서서 스스로 자유를 쟁취하지 못한다면, 설령 살아남는다 하더라도 노예의 운명에서 결코 해방될 수 없을 것이라고 으름장을 놓았다. 그에게 동조하는 자들은 폭동의 기회를 엿보았다. 로마니 왕의 명령이 하달되는 순간 누가 제 몸을 공성 무기처럼 사용하여 철문을 뚫을 것이고, 누가 개나 고양이처럼 수용소 운동장을 달리면서 저격수들을 혼란스럽게 만들 것이며, 누가 도마뱀처럼 담장에 달라붙어 제 몸을 사다리처럼 사용할 것인지 결정했다. 하지만 거사 이틀 전에 계획이 발각되면서, 야누스는 이 세상에 태어날 때처럼 완전히 벌거벗겨진 채로 가스실로 보내졌다.

야누스의 확신대로, 로마니는 지옥을 살아서 빠져나왔고 절멸의 역사를 피했다. 하지만 전쟁이 끝나고 반세기가 흐른 지금까지도 야누스의 유언과 무덤 위치를 기록한 자료는 어디에서도 찾을 수 없다. 글을 읽고 쓰지 못하더라도 자신이 보고 들은 것들을 말로써 증언할 수 있는 목격자조차 나타나지 않았다. 누군가가 명백한 의도를 지닌 채 진실을 폐기했다고 추정할 수밖에 없다. 전쟁이 끝나고 평화가 시작되자 유럽의 모든 나라는 승전국의 자격으로 독일로부터 배상금을 챙겼다. 심지어 국가가 없던 유대인마저도 영토를 얻었으나, 로마니만큼은 보상은 커녕 관심조차 받지 못하다가 전쟁 이전의 상황으로 되돌아갔다. 그들은 용서와 망각을 강요받았다. 통일된 언어와 종교가 없다는 사실보다 로마니의 미래를 걱정하고 비전을 제시할 지도자가 없다는 사실이 로마니를 유대인과는 정반대의 길로 이끌었다. 그리하여 세계 곳곳에 흩어져 있는 로마니는 또다시 반 세기 동안 굴욕과 압제를 견디면서 메시아를 기다려야 했고, 모든 곳에 존재하는 로마니의 황제가 나타나 로마니 최초의 자치국을 유럽 안에 건립했을 때 비로소 자신들의 기도가 하늘에 닿았다고 크게 기뻐하며, 세계 곳곳에서 축하 파티를 열고 수일 동안 춤추고 노래했다.

(여기까지 읽은 자에게 영광을! 나는 역사가로서 절멸 수용소에서의 로마니 역사를 복원하기 위해 부단히 노력했으나, 인맥을 총동원하여도 얻을 수 있는 자료라고는 유대인과 관련된 것뿐이었다. 이스라엘을 건국한 이후에도 유대인은 전 세계 모든 곳에 박물관을 세우고 전쟁과 학살의 역사를 가감 없이 공개하고 있으며, 범죄자와 피해자를 추적하는

일 또한 멈추지 않는다. 매년 유대인 학술대회를 개최하고 여기서 발표된 자료는 거대한 네트워크를 통해 전 세계의 유대인에게 배포된다. 유대인이 아니더라도 그 네트워크의 회원으로 가입하기만 하면 엄청난 분량의 자료를 열람할 수 있다. 회원에서 탈퇴할 땐 그 이유를 묻는 이메일을 받게 되는데, 자신의 자유의지에 반하는 결정이거나 반유대주의 사상에 입각한 행동이라고 판단될 경우엔, 자택이나 직장과 가장 가까운 곳에 위치한 유대인 단체의 대표가 직접 전화를 걸어오거나 방문한다. 물론 나는 다른 이유 때문에 유대인 단체의 대표와 여러 차례 통화를 했다. 유대인이 절멸 수용소에서 발굴한 자료 중에는 로마니와 관련된 것들도 포함되어 있을 것이라고 나는 확신했다. 하지만 그녀는 지옥과도 같았던 절멸 수용소에서는 유대인과 집시를 구분하는 게 무의미하다고, 아주 사무적으로 대답했다. 유럽연합이 1971년 집시라는 명칭을 폐기시키고 로마니라는 용어를 공인했는데도, 그녀는 여전히 집시라는 단어를 사용했다. 차라리 유대인이 기록하고 복원해놓은 자료를 가지고 로마니의 역사를 기술하는 게 최선일 거라는 조언도 들었다. 나는 로마니 희생자, 특히 로마니의 마지막 왕과 관련된 자료를 찾게 되면 연락해달라고 부탁했다. 이틀이 지나서 그녀는 이메일로 수많은 자료를 보내왔는데, 유감스럽게도 그것들은 유대인과 로마니의 차이를 선명하게 부각시키기 위한 목적으로 선별된 것들이었다. 그 자료에 따르면, 나치는 수용자들이 스스로를 동물과 동일하게 여기도록 만들려고 노력했단다 — 그래야 죄책감을 덜 느낄 수 있었을 테니까 — 그래서 몸을 씻거나 음식을 양보하지 못하도록 강제했다. 하루에 고작 물 한 잔이 배급되었는데, 그걸 한꺼번에 마신 자들은 모두 소각실로 보내어진 반면에, 절반을 남겨 세수를 하거나 비축한 자들은 끝까지 살아남았다고 기록되어 있었다. 그런 행동이 유대인에게는 항상 가능할지 몰라도 로마니에게는 거의 불가능하다는 사실을 나 역시 인정했다. 하지만 그 차이가 두 민족의 현재를 결정했다는 주장은 결코 받아들일 수가 없었다. 그래서 나는 그 여자에게 전화를 걸어 격렬하게 항의했고, 그 여자는 급히 전화를 끊었다. 그리고 다음 날, 내가 반유대주의자인지 확인하기 위한 이메일이 도착했다.)

전쟁이 끝나고 루돌프 퀴에크는 나치에 부역했다는 혐의로 1947년 기소되었으나 혐의를 입증할 증거가 부족하여 석방되었다. 게슈타포가 로마니의 은신처를 급습했을 때 사냥개처럼 꼬리를 흔들면서 수렵물을 찾던 그를 보았다는 증언이 이어졌지만 법원은 무결점의 증거로 받아들이지 않았다. 면죄부를 받고 석방된 루돌프는 스스로를 로마니의 새로운 왕으로 부르면서 로마니 왕조의 부활을 시도했다. 그는 1949년 가족과 지지자들을 이끌고 생 마리

성소에 방문하여 20마르크를 헌금하면서 왕의 권위를 흉내 냈지만 대다수의 로마니를 감동시키진 못했다. 프랑스에 정착한 로마니 무리가 세계 집시 커뮤니티World Gypsy Community를 세우고 폴란드와 캐나다, 터키에 지부를 설립하자 퀴에크 왕조는 더 이상 로마니의 유일한 대표로 인정받을 수 없었다. (여기까지 읽은 자에게 영광을! 세계 집시 커뮤니티에는 프랑스에 거주하던 퀴에크 가문의 일원들도 포함되어 있었다. 그래서인지 그 조직의 지도자는 프랑스 정부에 리옹 지역을 로마니에게 불하해달라고 요구했다가 여의치 않자, 유엔을 찾아가 소말리아 땅을 요구했다.) 루돌프는 스스로 자신의 신분을 로마니 왕에서 세계 집시 평의회의 의장President of the World Gypsy Council으로 강등했으나, 그 조직마저도 오래 유지하지 못하고 해체했다. 나치의 우두머리처럼 그는 자신의 죄악을 끝까지 시인하지 않았지만, 죽음이 손끝에 닿을 때에야 비로소 인간적 갈등에 시달렸다.

그래서 자신을 돌봐주는 간호사에게 이따금 야누스의 대관식과 관련된 이야기를 두서없이 떠들곤 했단다. 그는 신과 인간 사이의 침묵 속에 빨려들어 죽음을 맞이했다. 그 사건과 거의 동시에, 자신의 가족을 살려준다면 나치의 로마니 검거 작전에 적극 협조하겠다는 자필 편지가 그의 집에서 발견되었다. (여기까지 읽은 자에게 영광을! 루돌프는 문맹이었기 때문에 그 편지는 아마 나치가 직접 작성했을 것이다. 그의 서명은 생선을 따라 그린 것이었다.) 유대인 단체는 그 편지의 사본을 유대인 기념관에 전시했다. 그것은 나치의 죄악을 고발하고 유대인의 강직한 연대의식을 설명하는 데 활용되었다.

죽음의 수용소가 유명 관광지로 탈바꿈하고 전쟁의 상흔이 먼지와 권태로 뒤덮이자, 유럽 곳곳에서 로마니 왕을 참칭한 자들이 우후죽순 격으로 등장했는데, 영국에선 보스웰Boswell 가문의 후예가 로마니 왕으로서의 지위를 누렸고 스코틀랜드의 로마니는 파Faa 가문에게 복종했다. 미국에는 두 명의 로마니 왕, 즉 프랭크MH Frank와 엘리하 조지Elijah George가 살고 있다. 보스니아의 외곽에 사는 로마니는 공중에 매달아놓은 사과를 정해진 시간에 가장 많이 깨무는 자를, 1년 동안 자신들을 다스릴 왕으로 선발하고 있다는 신문 기사도 발견했다.[vii]

하지만 어느 누구도 셈 로만디의 황제 플로린 퀴에크보다 더 큰 명예와 존경을 누리고 있진 못하도다.

모든 곳에 존재하는 로마니의 황제이자 셈 로만디의 건설자인 플로린 퀴에크의 약력에 대해 알려진 바는 다음과 같다. 그는 서커스단의 탈의실로 사용되던 포장마차에서 1938년에 태어났다. 불우한 유년기를 보낸 그는 폭력과 사기 등의 혐의로 여러 차

vii 1971년 1월 11일, 《매일경제》.

례 투옥되었다. 서른두 살의 나이에 자신의 가문에 대한 이야기를 전해 듣고 비로소 로마니의 미래를 위해 일생을 헌신하기로 결심했다. 시비우 감옥 역사상 최장 기간의 단식투쟁을 진행하면서 세상의 주목을 받았다. 국제 인권 단체들의 압력에 굴복한 루마니아 정부는 그를 석방하지 않을 수 없었고, 그는 출감 즉시 지지자들을 규합하고 사회 개혁 활동을 시작했다. 그는 1993년 8월 9일, 자신을 모든 곳에 존재하는 로마니의 황제 플로린 쿼에크 1세로 명명하고 성대한 대관식을 거행했다. 그 이후 로마니 노동자들을 이끌고 일주일간의 총파업을 주도했으며 제1회 로마니 홈커밍 대회를 부쿠레슈티에서 개최했다. 자신의 사촌이자 로마니 왕으로 자처하던 루세스쿠스 탄치우와 1997년 2월 10일 평화조약을 체결한 뒤, 1997년 3월 6일 트르구지우 지역에 전 세계 로마니 최초의 자치국인 셈 로만디를 건국했다. 셈 로만디에는 군대와 경찰과 공무원이 없고 황제와 신민들뿐이며, 그들은 모두 루마니아 정부에 성실하게 납세할 의무를 지닌다고 공표함으로써 불필요한 갈등을 피해 갔다. 2001년 황제는 로마니와 관련된 정책을 입안할 수 있는 권리를 루마니아 정부에 요구했다가 거절당하자, 블체아Vîlcea 주지사 선거에 입후보했으나 치욕스러운 결과로 낙선했다.

(여기까지 읽은 자에게 영광을! 수상하고 탐욕스러운 사업가에 불과했던 플로린 퀴에크가 셈 로만디의 황제로 변태하는 과정에는 야누스 퀴에크의 일대기가 지대한 영향을 끼쳤다. 그는 사회운동을 시작할 초기부터 자신을 야누스의 직계 후손이라고 소개했고, 황제로 등극할 대관식을 준비하면서 반세기 전 야누스가 사용했던 방법을 참고했을 뿐만 아니라 초청장과 포스터마저 비슷하게 만들어서 배포했다. 불운하게도 행사 당일 큰비가 쏟아지는 바람에 야외 행사의 대부분은 취소되었고, 축하객들의 숫자

도 크게 줄어들었으며, 루마니아 고위 공무원과 성직자 들은 아예 나타나지도 않았다. 마구간에서 진행된 대관식에는 그의 가족과 음악가들, 그리고 정체를 알 수 없는 식객들만이 참석했다. 그래도 그는 왕관을 쓰고 망토를 두른 채 왕홀을 휘둘러가면서 장황하게 취임 연설을 했다. 그러곤 흔들의자 위에 근엄하게 앉아서 축하 공연을 관람했다. 술에 취한 자들이 난동을 부려 마구간의 벽과 출입문을 파손했으나 그는 배상을 요구하지 않았다. 왕조 초기에 그는 다양한 사업을 정력적으로 추진했으나 번번이 루마니아 정부의 반대에 부딪혀 아무런 성과도 거둘 수 없었다. 중무장한 경찰들이 종종 황실로 난입하여, 하찮은 문제라도 일으킨다면 루마니아의 실정법에 따라 엄격히 처리하겠다고 엄포를 놓고 돌아갔다. 루마니아 군대는 정기 훈련을 명목으로 셈 로만디 안에 한 달 남짓 주둔하며 밤마다 사격 연습을 하고 대낮처럼 조명을 밝히기도 했다. 그 뒤로 황제는 셈 로만디를 언론에 홍보하는 일을 멈추고 내치에만 집중했다. 이는 셈 로만디 건립을 승인했던 루마니아 정부의 기대에 부합되는 행동이었다. 자신의 현실을 더욱 명확하게 이해할수록 야누스 퀴에크에 대한 황제의 존경심은 콤플렉스로 바뀌었고, 결국 자신의 왕국에서 야누스에 대해 이야기하는 것을 금지시켰다. 명령을 어기는 자는 체벌과 재산 몰수, 그리고 추방으로 혹독하게 다스렸다. 하지만 늙고 병들어 자신의 후계를 결정해야 할 시간이 다가오자 그는 죽은 퀴에크 왕들의 교훈을 다시 떠올리지 않을 수 없었다. 셈 로만디 왕국에서 퀴에크 왕들의 공식적인 해금을 위해서라도 이런 역사책이 필요했던 것이다.)

(여기까지 읽은 자에게 영광을! 로마니 자치국을 세우기로 결심한 황제가 처음부터 루마니아를 최적의 장소로 생각한 건 아니었다. 기후가 따뜻하고 아

드리아 바다의 풍성한 해산물을 쉽게 구할 수 있는 세르비아와 알바니아를 두고 그는 마지막까지 고민했다. 로마니를 학살하거나 노예로 삼은 자들이 모두 기독교도들이었기 때문에 기독교도가 많은 세르비아보다도 무슬림이 많은 알바니아에 매혹된 것은 결코 아니었고, 그저 유목민들이 완성한 이슬람 문명이 로마니의 생활과 사유 방식에 적합할 것이라는 선입견 때문에 그러했다. 하지만 협상을 시작하기 직전에 두 후보 국가가 종교와 혈통을 이유로 전쟁을 벌이고 무자비하게 민간인들을 학살하자, 황제는 자신의 불운을 한탄할 여유도 없이 대안을 찾아야 했다. 그사이에 자신의 가족과 추종자들이 크게 늘어나면서 그들을 데리고 이동하는 게 어려워졌고 설상가상으로 심장병과 녹내장까지 앓게 되자 황제는 하는 수 없이 루마니아를 로마니스탄으로 선포하지 않을 수 없었다. 공산주의 사상과 행동 강령에 동조하지 않는다는 이유로 수많은 로마니를 정치 수용소에 가두고 화학적 거세까지 서슴지 않았던 루마니아 정부는 공산주의 신념과 강령을 포기한 이후에도 여전히 로마니를 경원시했으나, 엄청난 기세로 불어나고 있는 로마니의 소란과 악행을 제어하기 위해서라도 자신들을 대신해서 로마니를 통제해줄 대리인이 필요했다. 그래서 자신을 로마니의 왕이라고 지칭하는 자들이 추종자들의 신상 명세를 적어 관공서에 신고하기만 하면 루마니아 정부는 그들의 지위를 인정해주는 증명서를 발급해주었던 것이다. 셈 로만디가 세워지기 이전까지 루마니아에는 이미 열네 명의 로마니 왕이 존재하고 있었다. 그래도 여타의 왕들과 셈 로만디의 황제가 다른 점이 있다면, 셈 로만디의 황제는 로마니가 이웃과 공존할 수 있는 원칙과 방법을 찾아내기 위해 부단히 노력했다는 것이고, 이를 긍정적으로 평가한 루마니아 정부는 행정부 고위 관료를 보내어 셈 로만디의 황제와 양해 각서까지 체결했다. 그 장면이 지역 신문 1면에 실렸고, 그걸 스크랩하여 만든 액자가 황제의 집무실 한 가운데 걸렸다.)

*

모든 곳에 존재하는 로마니의 황제께서는 자신의 약력에 대해 듣고 크게 웃으시더니 내게 이렇게 물으셨다.

로마니의 역사책을 위해선 얼마만큼의 진실이 필요한 것인가?

그리고 이렇게도 말씀하셨다.

꽃을 피우고 열매를 맺기 위해서라면 나는 기꺼이 나를 거름으로 내어주겠다.

황제의 자애로움에 감복하여 나는 사흘 밤낮을 울었다. 그리고 울음을 멈춘 즉시 이 책의 첫 문장을 기록하기 시작했다. 황제께서는 책이 완성될 때까지 내용이나 진도를 묻지 않으셨다. 대신 내가 일상의 시시콜콜한 사건을 처리하는 데 너무 많은 시간과 정력을 낭비하지 않도록 사람을 보내어 돌봐주셨다. 황제가 중무장한 사내들을 보내어 나를 감시했다는 세상의 소문은 결코 진실이 아니다. 황제는 세상의 풍문 따위에 현혹되지 않는 존재이다. 그의 충직한 신하인 나는, 영원히 파괴되지 않을 로마니스탄을 종이 책 안에 건립하는 심정으로 편찬 작업에 매진했다. 뜨거운 금처럼 조심스레 진실을 다루었고 완전히 식어 굳은 것은 누구라도 그 가치와 쓸모를 의심하지 못하도록 광택을 내고 날을 벼렸다. 관용은 없고 편견뿐인 세상 사람들에게 새로운 눈과 귀를 만들어주고 싶었다. 그러면 그들도 진심으로 로마니를 위무하게 될 것이라고 굳게 믿었다. 이 책을 완성하는 시간은 오직 신만이 허락할 수 있는 축복이었다. 내가 이 책의 첫 장부터 여기까지 읽어 내리는 동안 조용히 듣고 계시던 황제께서는 슬픈 표정으로 이렇게 말씀하셨다.

우리가 가야 할 길은 아직도 어둡고 멀도다.

황제께서 우시고 나도 따라 울었다.

모든 곳에 존재하는 위대한 로마니의 황제께서 어느 날 해가 지고 있는 쪽을 향해 흔들의자를 놓고 앉으셔서, 현재란 과거의 결과물이나 미래를 길러내는 양분도 아니며, 오히려 미래의 결과물이자 과거를 파괴하는 바이러스라고 생각하셨다. 어제의 삶은 오늘의 실수와 후회로 이미 파괴되었고 그 사실을 은폐하기 위해 내일이 기약되어 있으며, 꿈 때문에 인간이 퇴화하고 있다고 걱정하셨다. 그때 한 남자가 찾아왔다. 곰을 부리는 우르사리 부족의 후예라고 자신을 소개한 남자는 수년 전부터 곰 대신 노예를 데리고 여기저기를 떠돌면서 권투 시합을 열고 있다고 말했다. 그의 이름은 쿠마르였으나 우르사리 부족이 전통적으로 사용해온 이름이 아니었으므로, 황제께선 그가 우르사리 부족이 아니거나 거짓 이름을 밝혔다고 판단하셨다. 그래서 그 남자를 '어쨌든 쿠마르 씨'라고 부르셨다.

어쨌든 쿠마르 씨가 데리고 다니는 남자는 곰처럼 사납거나 활동적이지 않았다. 얼굴을 가득 채운 주름과 거의 남아 있지 않은 치아, 구부정한 어깨만으로 그를 예순 살이 훨씬 넘은 노인으로 간주할 수 있었으나 고슴도치의 가시처럼 빽빽이 들어찬 머리카락과 온몸을 팽팽하게 부풀리고 있는 근육은 스무 살의 젊은이에게나 어울리는 것이었다. 그 남자는 보거나 듣지 못했다. 곰처럼 웅크린 채 앉아 있다가 음식 냄새를 맡을 때만 잠시 활기를 회복했다. 포만감으로 기분이 좋아지면 장정 두 명이 겨우 들어 올릴 수 있는 구리 선 뭉치를 혼자서 거뜬히 옮기기도 했다. 어쨌든 쿠마르 씨는 그를 곰이라고 부르고 실제로 그렇게 다루었다. 하지만 황제의 눈에는 곰이라고 불리는 노인이나 어쨌든 쿠마르 씨의 모든 언행이 수상하게만 보였다. 그래서 황제께서는 곰이라고 불리는 노인이 머리카락을 자르고 목욕을 한 뒤 깨끗한 옷으로 갈아입는다면 셈 로만디에 머물 수 있도록 허락하겠다고 약속하셨다. 그러자 어쨌든 쿠마르 씨는 난처한 표정을 지어 보이면서, 만약 곰이라고 불리는 노인의 현재 상태를 강제로 바꾼다면 그가 지닌 특별한 능력은 흔적도 없이 사라질 것이라고 귀띔했다.

지금 나를 협박하는 것인가.

모든 곳에 존재하는 로마니의 황제께서는 추상과도 같은 위엄을 단숨에 회복하시면서 어쨌든 쿠마르 씨를 뒤로 밀치셨다. (여기까지 읽은 자에게 영광을! 황제의 언어에는 그의 감정을 단번에 알아차릴 수 있을 만큼의 억양이나 리듬이 거의 투영되어 있지 않다. 그래서 그의 언어를 옮겨 적을 때는 느낌표나 물음표, 쉼표, 따옴표, 말줄임표 같은 문장 기호를 사용할 수 없다. 오로지 마침표뿐이다.) 그러자 황제의 발밑에서 조용히 낮잠을 자고 있던 두 마리의 셰퍼드가 날카로운 이빨을 드러내며 짖기 시작했다. 만약 황제께서 사자 같은 그것들의 목줄을 바투 잡고 있지 않으셨다면 황제를 모멸한 방문객들은 결코 살아서 그곳을 빠져나가지 못했을 것이다. 어쨌든 쿠마르 씨는 엉덩방아를 찧고 바닥을 내뒹굴었다. 그러더니 이마를 바닥에 처박고 딱정벌레처럼 기어서 황제 앞으로 다가왔다. 그의 우스꽝스러운 모습에 황제께서 폭소를 터뜨리셨다. 곰처럼 웅크리고 있던 노인이 갑자기 자리에서 일어나 기둥 하나를 껴안더니 마치 그걸 뽑아내려는 듯 힘을 쓰기 시작했다. 그러면서 곰의 울음과도 같은 소리를 웅얼거렸다. 황제께서는 그 노인을 향해 상체를 좀 더 수그리셨다.

저게 무슨 소리인가.

어쨌든 쿠마르 씨는 여전히 이마를 바닥에 붙인 채 두 손을 모아 자신의 머리 위로 들어 올리고 잠시

숨을 고른 다음 그 노인의 이야기를 인간의 언어로 통역하기 시작했다.

여덟 살의 나이에 권투를 시작해서 고작 스무 살이 되기도 전에 독일 최고의 선수가 된 남자가 있었습죠. 그의 이름은 요한 루켈리 트롤만Johann Rukelie Trollmann입죠. 그는 상대보다 훨씬 민첩하고 강했으며 냉정했습죠. 춤을 추듯 사각의 링을 돌면서 상대의 약점을 집요하게 파고들었습죠. 대부분의 상대는 5라운드를 버티기가 힘들었습죠. 그 당시 권투가 독일에서 가장 인기 있는 스포츠였던 만큼 그는 독일에서 가장 인기 높은 선수였습죠. 그런데도 독일 정부는 그의 권투 스타일이 아리아인의 전통에 부합하지 않는다는 이유로 네덜란드 올림픽에 파견할 권투 대표팀에서 그를 제외시켰습죠. 하지만 그는 낙담하지 않고 프로 선수로 전향해서 자신의 명성을 이어갔습죠. 그를 이길 선수는 적어도 독일 땅에선 아직 태어나지 않은 것 같았습죠. 그러자 권투 선수가 아닌 자들이 나서서 그를 쓰러뜨리려고 시도했습죠. 요한은 1933년 독일 선수를 상대로 라이트 헤비급 챔피언 결정전을 치르게 되었습죠. 그 경기는 나치의 득세에 위협을 느낀 유대인 출신의 챔피언이 독일을 탈출하면서 마련되었습죠. 우리의 영웅은 경기 내내 상대를 일방적으로 몰아붙였습죠. 그의 승리를 의심하는 관중은 단 한 명도 없었습죠. 그런데도 심판은 무승부를 선언했습죠. 성난 관중들이 격렬하게 항의하자 심판은 하는 수 없이 결정을 번복하고 요한에게 챔피언 벨트를 건넸지만, 며칠 뒤 독일 권투 협회는 그의 챔피언 자격을 박탈했습죠. 대신 똑같은 상대와 재경기를 벌이되 그때에도 링 위에서 음란한 춤을 춘다면 두 번 다시 링 위에 설 수 없을 것이라고 경고했습죠. 요한은 더 이상 링 위에서 승리자가 될 수 없다는 사실을 깨달았습죠. 하지만 그는 그 사실을 무력하게 받아들이고 싶진 않았습죠.

그래서 머리카락을 금발로 염색하고 얼굴과 온몸에는 하얀 밀가루를 칠한 채 링에 올랐습죠. 상대의 공격을 건성으로 방어하다가 결국 5라운드에 링 위에 쓰러졌습죠. 그 뒤로 관중들은 요한을 링 위에서 볼 수 없었습죠. 왜냐하면 그가 경기 직후에 하노버의 강제수용소에 수감되었기 때문입죠. 로마니가 아닌 아내와 반쯤 로마니인 아들을 보호하기 위해 이혼까지 했습죠. 그리고 정신박약자를 대상으로 나치가 진행한 살균 처리를 받고 군대에 징집되었습죠. 하지만 로마니라는 이유 때문에 그는 전장 대신 절멸 수용소에 보내졌고 거기서 매일 노역을 해야 했습죠. 한눈에 그의 정체를 알아본 간수장은 밤마다 간수들에게 권투를 가르치는 임무를 맡겼지만 그의 건강은 이를 제대로 수행할 수 없을 만큼 악화되어 있었습죠. 요한은 간수장의 배려 덕분에 후방의 수용소로 옮겨졌으나 거기서도 자신의 정체를 감출 수 없었습죠. 그곳에서 왕처럼 군림하고 있던 수감자가 그에게 권투 시합을 제안했습죠. 비록 오랫동안 링에 오르지 못했어도 독일 최고 챔피언의 위엄은 변함이 없었습죠. 시합은 요한의 일방적인 승리로 끝났고, 심한 모욕감을 느낀 패배자는 며칠 뒤 요한의 뒤통수를 삽으로 내려쳐서 기어코 영원한 승리를 탈취했습죠. 그때 요한의 나이는 서른다섯 살에 불과했습죠. 그의 아들이 살아남아서 세상에 복수를 준비하고 있는데, 그게 바로 저 곰 같은 자입죠.[viii]

(여기까지 읽은 자에게 영광을! 베를린 올림픽에 참여한 독일 대표팀은 단 한 명의 유대인을 제외하고 모두 아리안 혈통의 선수들로 구성되어 있었다. 유럽의 여러 국가는 나치의 인종차별 정책에 반대하기 위해 올림픽 보이콧을 시도했지만, 처음엔 자신들과 동조했던 미국이 막판에 변심하여 올림픽 참여를 선언하자 곧바로 연대를 깨뜨리고 말았다. 미국

viii https://de.wikipedia.org/wiki/Johann_Wilhelm_Trollmann 참조.

은 자국의 흑인 선수들이 선전하면 나치도 망상을 버릴 것이라고 기대했으나 독일의 올림픽 우승은 기대를 절망으로 바꾸었다. 히틀러는 근대 올림픽을 창시한 쿠베르탱 남작을 노벨평화상 후보로까지 추천했고, 남작은 자신의 책에다, 세상에는 두 가지 종족이 존재하는데 솔직하고 건강하며 자신감 넘치는 종족과, 병들고 비굴하며 체념에 익숙한 종족이라고 써서, 히틀러를 기쁘게 만들었다.)

(여기까지 읽은 자에게 영광을! 로마니의 왕 마이클 퀴에크 2세는 요한 트롤만을 위시한 로마니 대표선수단을 구성하여 베를린 올림픽에 참가할 계획을 세웠다. 나치의 인종차별 정책에 항의하고 있던 유럽의 여러 국가와 연대할 수만 있다면 로마니 문제에 대한 논의를 쉽게 이끌어낼 수 있을 것이라고 판단했기 때문이다. 불공정한 시합에서 패배한 이후로 요한은 전성기의 실력을 잃어버렸지만 열정을 회복

하여 훈련을 시작한다면 메달 하나쯤은 어렵지 않게 딸 수 있을 것 같았다. 그래서 왕은 충복을 보내어 요한과 은밀하게 접촉했다. 하지만 요한은 가족의 미래를 위해서라도 더 이상 로마니와 연관되고 싶지 않았다. 그래서 그는 로마니 왕의 충복을 나치에 고발함으로써 자신의 애국심을 증명하려 했다. 충복은 간신히 목숨을 건질 수 있었다. 요한의 영입에 실패하고, 유럽 국가들마저 미국을 따라 베를린 올림픽에 참가하기로 결정하면서, 마이클 퀴에크 2세는 자신의 계획을 포기했다. 10여 년 뒤에 야누스 퀴에크를 수용소에서 만난 요한은 마이클 퀴에크 2세의 제안을 거절했던 사실을 후회한다고 고백했다. 그때 요한은 마지막 권투 시합을 준비하고 있었는데, 불길한 결과를 직감한 야누스는 그 시합을 중지시키기 위해 필사적으로 노력했고, 시합 당일에는 요한에게 일부러 패배해야 한다고 끈질기게 설득했다. 하지만 시대의 불행에서 자신의 운명만을 건져낼 수 없다고 생각한 요한은 기어코 상대를 쓰러뜨렸다. 야누스는 그의 승리를 전혀 기뻐하지 않았으며, 며칠 뒤 요한이 살해당하자 슬픔에 식음을 전폐했다.)

(여기까지 읽은 자에게 영광을! 요한에겐 외동아들이 아니라 외동딸이 있었다. 어쨌든 쿠마르 씨는 권투 시합의 흥행을 위해 관중에게 거짓말을 해왔을 것이고, 나중엔 자신이 그 거짓을 직접 발명했다는 사실조차 잊어버렸을 것이다. 그래서 황제 앞에서 전혀 주저하지 않고, 진실을 말할 때와 같은 목소리와 표정으로, 곰이라고 불리는 노인을 요한의 외동아들이라고 소개했을 것이다. 거짓은 그걸 말하는 자의 확신 속에서 널리 유포되고, 나중에 그걸 누가 최초로 발설했는지조차 알 수 없게 되었을 때 대중은 그걸 진실로 받아들인 뒤 이를 부정하는 자들과 투쟁한다.)

어쨌든 쿠마르 씨가 갑자기 발을 힘껏 구르자 곰이라고 불리는 노인은 깜짝 놀라 기둥에서 물러나며 다시 곰처럼 웅크렸다. 어쨌든 쿠마르 씨는 황제의 표정을 살폈다. 황제께서는 호기심과 자비심을 동시에 드러내셨다.

그 이야기가 모두 사실인가.

그때서야 어쨌든 쿠마르 씨는 흡족한 표정으로, 그 노인은 세 차례를 제외하고 평생 권투 시합에서 진 적이 없으며 심지어 야생 곰까지 맨손으로 때려 눕혔다고 대답했다. 노천에서 권투 시합을 하다가 소나기를 맞았을 때 한 번, 시합을 앞두고 짐 가방을 도둑맞았을 때 한 번, 그리고 루마니아 경찰에 의해 강제로 머리카락을 잘린 채 시합을 해야 했을 때 마지막으로 패배했다. 그러니 그 노인의 머리카락을 자르거나 몸을 씻기거나 옷을 갈아입힌다면 그의 놀라운 능력을 감상할 수 없을 것이라고 엉너리를 쳤다.

그 이야기를 어째서 내게 들려주는 것인가.

황제께서는 그들을 자신의 영토에서 추방하기 위해 그런 질문을 던지셨다. 하지만 어쨌든 쿠마르 씨는 아무 말도 하지 않고 그저 자신이 처한 비참함을 그대로 드러내면서 황제의 아량을 묵묵히 기다렸을 따름이다. 그때 황제의 옆에 계시던 세 명의 아드님이 앞으로 나오시며, 곰 같은 노인의 괴력과 어쨌든 쿠마르 씨의 혀가 우환의 기운으로 가득한 황실에 활력을 불어넣을 수도 있을 것 같으니 당분간 왕국 안에서 체류할 수 있도록 허락해달라고 간청하셨다. 황제께서는 마지못해 수락하셨으나 이방인들은 황실 밖에 거주해야 하며 자신의 허락 없이 권투 시합을 주관하지 말라고 명령하셨다. 하지만 황제의 세 아드님이 매일 밤 권투 시합을 주관하고 황제를 초청하시니 황제께서도 점점 그 이방인들의 존재감에 매료되지 않을 수 없으셨다. 어쨌든 쿠마르 씨의 호언장담대로, 곰이라고 불리는 노인이 셈 로만디에서 힘깨나 쓰는 장정들을 모조리 때려눕히고 서커스단의 곰마저 맨손으로 쓰러뜨리자, 황제께서도 경계심을 완전히 거두셨다. 황제의 신임을 얻은 어쨌든 쿠마르 씨는 황제의 재산을 관리하는 역할까지 맡게 되었다.

(여기까지 읽은 자에게 영광을! 황제의 세 아들은 아버지의 재산과 권력을 나누어 갖기로 은밀하게 합의했다. 그래서 그들은 황제가 권투 시합에 열광한다는 사실에 주목하여 유랑 서커스단에서 찾아낸 두 명의 연기자를 황실로 불러들였다. 밤마다 황제를 열광시킨 권투 시합은 어쨌든 쿠마르 씨가 세심하게 연출한 연극에 불과했다. 그는 황제의 신임을 얻고 황실을 마음대로 드나들었으나 황제의 재산과 명성을 직접 확인한 뒤 크게 실망했다. 황제의 재산이라고 해봤자 황실로 사용하고 있는 3층짜리 집과 말 한 마리가 전부였다. 황제가 운영하는 사업이라는 것도 폐건물에서 훔쳐온 구리 선을 도매상에 넘기는

것이어서 언제든지 중단될 위험에 처해 있었다. 황제를 추종하는 무리라곤 고작 서른 명의 노인이 전부였고 그들은 하나같이 황제에게 큰돈을 빚지고 있는 데다가 황제의 불법 사업에 깊이 관여하고 있기 때문에 황제를 기껏해야 상점 주인 정도로 여기고도 복종하지 않을 수 없었다. 다시 말해 다른 누군가가 자신의 부채를 해결해주고 끼니를 보장해준다면 기꺼이 황제를 배신할 수 있을 정도의 소원한 관계였던 것이다. 건장한 젊은이 대여섯 명만 포섭할 수 있다면 황제를 굴복시키고 셈 로만디를 통째로 강탈할 수 있을 것 같았다. 하지만 유감스럽게도 황제의 세 아들은 어쨌든 쿠마르 씨의 이야기를 거의 믿지 않았다. 오히려 어쨌든 쿠마르 씨가 자신들을 배신하고 아버지의 재산을 강탈하려 한다고 판단했다. 그래서 은혜를 배신으로 갚으려는 자에게 분명한 교훈을 가르쳐주기로 다짐했다.)

하지만 매사에 신중하신 황제께서는 이방인들의 일거수일투족을 감시하여 보고하라고 세 아드님께 은밀히 명령하셨다. 그것은 배신과 학대로 점철된 로마니의 역사에 비추어 지극히 현명하신 행동이었다. 자신이 진실로 믿고 따르는 자들만이 자신에게 치명적 상처를 입힐 수 있다는 격언을 로마니 모두는 항상 기억하고 있기 때문이다. 불철주야 감시한 결과 세 아드님은 이방인들이 황실의 재산을 훔치려고 여러 차례 시도했다가 번번이 실패했다는 사실을 알아차리셨다. 그래서 범죄자들을 포박하여 황제 앞으로 데리고 오셨다. 곰이라고 불리는 노인을 물과 세제가 담긴 욕조 속에 빠뜨리고 머리카락을 모조리 잘랐더니, 셈 로만디의 장정들을 모조리 때려눕히던 권투 선수의 위용은 흔적도 없이 사라지고, 그저 늙고 병들어 제 손으로는 끼니조차 해결할 수 없어 보이는 노인의 몰골만 남게 되었다. 어쨌든 쿠마르 씨는 제 목숨을 구할 수만 있다면 자신의 혀로 황제와 세 아드님의 신발 바닥까지 핥을 수도 있을 것 같았다. 황제께서는 하해와 같은 자비를 베푸시어, 그들을 발가벗긴 채 나흘 동안 황실 출입문 기둥에 묶어두었다가 뜨거운 쇠로 낙인을 찍은 뒤 왕국에서 영원히 추방하셨다. 배신자들은 누더기로 겨우 몸을 가린 채 수십 킬로미터를 걸어서 왕국을 벗어날 때까지 울음을 멈추지 않았다. 곰이라고 불리는 노인은 자신의 고향에 다다르기 직전에 화물 트럭에 치어 비명횡사했다고 전한다. 어쨌든 쿠마르 씨의 근황에 대해선 아는 자가 아무도 없는 것으로 보아, 그 역시 더 이상 이승의 사람이 아닌 듯하다.

그 후로도 크고 작은 사건은 끊이지 않고 일어났는데, 황제께서는 자신의 둘째 아드님과 그의 추종자들을 손수 자신의 왕국에서 영원히 추방해야 하는 불행까지 겪으셨도다.

셈 로만디가 로마니 최초의 자치국이라는 사실은 결코 부정할 수 없지만 국가로서 몇 가지 중대한 결격 사유를 지니고 있기 때문에, 2차 대전 이후 독일이 스위스 비밀 금고에 예치해두었다고 알려진 천문학적 배상금을 차지할 수 없었다. 전 세계에 흩어져 있는 가짜 로마니 왕들이 추악한 거래를 통해 국제사회로부터 로마니의 유일한 대표자로 공인을 받은 뒤 로마니의 미래를 강탈해갈지 모른다는 걱정 때문에 황제와 그의 세 아드님은 늘 밤잠을 설치셨다. 그래서 세 아드님은 자원봉사자들을 모집하는 광고를 인터넷 사이트에 올리고 셈 로만디 건국 10주년 기념행사에 초대하셨다. 황제께서는 참석자들을 각국에서 파견된 축하 사절로 여기시고 극진히 대접하셨다. 만찬이 거의 끝날 무렵 황제의 세 아드님께서 차례로 연설하시며 셈 로만디를 루마니아로부터 완전히 독립시킬 방법을 찾아주는 자에게 큰 포상을 내리겠다고 약속하셨다. 단, 평화적이고 항구적인 방법이라는 단서를 붙이셨다. 황제께서는 루마니아와의 마찰을 두려워하시면서도 한편으로는 세 아드님의 노력을 대견스러워 하셨다. 참석자들은 격렬하게 환호하며 황실의 결단에 굳건한 지지를 보냈고, 당장이라도 실현 가능한 방법들을 두서없이 떠들어댔다. 객석의 반응에 크게 감격하신 황제께서는 자신의 말을 잡아서 식탁에 올리라고 명령하셨다. 세 아드님은 내년 황제의 생신에 맞춰 독립선언서를 낭독할 수 있길 희망하셨다. 황제께서는 세 아드님의 간청을 받아들이셔서, 만찬에 마지막까지 남아 있던 외국 손님들을 모두 남작으로 봉하고 자신의 왕국에 항구적으로 머물 수 있도록 허락하셨다.

(여기까지 읽은 자에게 영광을! 황제의 첫째 아들이 이웃에게 전쟁과 학살의 빌미를 제공할 수 있을 만큼의 어리석고 위험한 발언을 작정한 듯 늘어놓자, 눈치 빠른 사람들은 '로마니를 믿느니 차라리 곰

과 사귄다'는 속담에 따라 행사장을 조용히 빠져나갔다. 끝까지 자리를 지킨 자들은 그곳에 찾아온 원래의 목적을 들키지 않기 위해서 거짓으로 동조의 박수를 치고 환호해야 했다. 성직자에겐 로마니를 개종시켜야 하는 사명이 있었고, 환경 운동가는 셈로만디 안에 원자력 발전소를 세우려는 루마니아 정부의 계획을 폐기시키려 했다. 의사는 역학조사를 통해 근친혼의 부정적 영향을 규명하고 싶었고, 은퇴한 군인은 아프리카 내전에 참여시킬 용병들을 모집하려고 찾아왔다. 농부는 로마니의 정착에 필요한 농사법을 가르쳐주겠다고 말했지만 사실은 서유럽으로 밀입국할 기회를 엿보고 있었다. 축구 대표팀 감독으로 선임된 자는 인터폴의 추적을 피해 안전하게 숨을 곳이 필요했다.)

황제의 둘째 아드님은 유럽에서 주목받으려면 테러범이 되거나 국가 대항 축구 경기에서 골을 넣으면 된다고 생각하셨다. 축구는 정치적 메시지를 보낼 수 있는 가장 단순하고 확실한 수단이었다. 독립을 준비하는 많은 정치 단체가 축구 국가 대표팀을 만들고 정기적으로 국가 대항전을 진행하고 있다는 이야기를 전해 듣고 그는 크게 고무되셨다. 로마니 축구 대표팀이 유명해져서 국제축구연맹FIFA의 정식 회원으로 가입할 수만 있다면 셈 로만디가 국제연합으로부터 로마니의 유일한 국가로 공인받는 일은 시간문제가 될 것이고, 독일은 더 이상 전후 배상금 지불을 거부하거나 미룰 수 없을 것이라고 확신하셨다. 그래서 그는 유럽에서 유명한 축구 감독을 친히 초빙하시어 로마니 축구 대표팀을 맡기셨다.

(여기까지 읽은 자에게 영광을! 로마니 축구 감독의 설명에 따르자면 세상에는 두 가지의 세계가 존재하는데, 하나는 국제축구연맹이 관리해주는 세계이며, 다른 하나는 엔에프보드New Federation Board 안에

서만 겨우 드러나는 세계이다. 엔에프보드를 반국제축구연맹Non FIFA Board이라고 번역하는 자들도 많다고 한다. 티베트나 북키프로스, 쿠르드, 그린란드, 체첸공화국처럼 국제사회가 독립국가로 인정하지 않는 단체의 축구 대표팀들은 2006년부터 엔에프보드가 주최하는 비바VIVA 월드컵에 참여하여, 내부적으로는 독립 의지를 고양시키는 한편 외부적으로는 국제적 연대를 모색하고 있다.)

(여기까지 읽은 자에게 영광을! 한때 보스니아 청소년 축구 대표에 이름을 올릴 만큼 재능을 인정받았으나 치명적인 부상 때문에 어린 나이에 은퇴를 해야 했던 남자는 3년간의 독일 유학 후 고국으로 돌아와 에이전트 사업을 시작했다. 그는 나이와 국적, 성별과 상관없이 전도유망한 축구 선수들을 발굴하여 세계 곳곳의 프로 구단에 팔아넘기고 막대한 수수료를 챙겼다. 심지어 이미 은퇴하거나 죽은 자

들의 서류까지 트라이아웃에 접수시켜 푼돈을 벌기도 했다. 상품이 있는 곳이라면 전쟁터로 달려가는 것도 불사했으며 공무원을 매수하여 취업 서류를 발급받는 일도 다반사였다. 그와 계약한 선수들 중에는 유럽의 빅 리그까지 진출하여 크게 성공한 자들이 적지 않았지만, 불공정한 계약 조건 때문에 명성보다 터무니없이 적은 보상을 받고 불평하다가 스스로 파멸한 자들이 훨씬 더 많았다. 그의 악명을 잘 알고 있음에도 불구하고 절박한 심정으로 그를 찾는 자들이 부지기수였다. 그들은 하나같이 가난했고 불운했으며 가족의 희생에 죄책감을 느끼고 있었기 때문에 부당한 조건을 알면서도 그의 제안을 거절하지 못했다. 그는 비열한 사업가라는 비난에서 벗어나기 위해 유소년 장학 재단을 설립하고 매년 유명 선수들을 초청하여 워크숍을 주최했으나 이 행사 때문에 손해를 보는 경우는 결코 없었다. 그러다가 그는 보스니아 축구계의 총아라는 명예를 단숨에 빼앗기는 사건에 휘말리게 되었다. 그의 후광을 입고 신인 최고의 계약금을 받으며 유명 프로 구단에 입단한 어린 축구 선수가 감독의 지시에 불만을 품고 라커룸에서 자동 소총을 난사하여 열두 명의 사상자를 냈다. 감독은 현장에서 즉사했고 총격범 역시 사살되었다. 이 사건은 전 세계 축구팬들을 경악시켰고, 에이전트에게 온갖 비난과 저주가 쏟아졌다. 그래도 그는 자신의 능력을 최대한 발휘하여 그 사건을 성공적으로 수습하는가 싶었는데, 그가 운영하고 있던 불법 스포츠 도박장이 내부 직원에 의해 언론에 고스란히 드러나면서 급전직하하고 말았다. 탈세와 뇌물 공여, 청소년보호법 위반, 공문서 위조, 폭력 단체 조직 등의 이유로 체포되기 직전에 그는 보스니아 국경을 넘어 셈 로만디로 숨어들었던 것이다. 하지만 자신을 수상히 여긴 이웃의 신고로 황제의 둘째 아들 앞까지 끌려간 그는, 은신처를 제공받는 조건으로 로마니 축구 대표팀 감독직을 수락하지 않을 수 없었다. 그는 독일 축구계 주요 인사와의 친분을 자랑하면서, 독일 축구 대표팀과의 평가전을 추진하겠다고 호언장담했다. 황제의 둘째 아들은 그의 제안을 크게 반기며 전폭적인 지원을 약속했다.)

축구 대표팀 감독은 대표팀으로 선발할 청년들을 찾기 위해 마을 곳곳을 헤매고 다녔다. 도둑으로 몰려 두들겨 맞기도 하고 진짜 도둑을 만나 소지품을 모조리 빼앗기기도 했다. 시련이 계속될수록 황실의 신뢰는 더욱 두터워졌고 둘째 아드님께선 자신의 경호원을 그에게 붙여주셨다. 두 달여 동안의 고생 끝에 그는 축구팀을 꾸릴 수 있을 만큼의 선수들을 모았다. 체계적인 훈련을 받는다면 훗날 유럽 빅 리그에서 활약할 수 있을 만큼의 재능을 지닌 자도 두어 명 섞여 있었다. 그는 자비를 들여 유니폼을 맞추고 축구 용품을 구입했으며 독일에서 수석 코치까지 초빙했다. 훈련 때문에 생업에 집중하지 못하게 된 선수들에게는 적은 금액이나마 월급까지 지불했다. 선수들은 마치 독립 전쟁에 참여하게 된 군인들처럼 역사의식과 사명감을 지니게 되었다. 인근 유소년 축구팀과의 경기에서도 참패를 거듭하던 대표팀이 점점 조직력을 갖추고 작은 승리를 이어가자 루마니아 언론의 관심을 끌었다. 감독이 끝까지 인터뷰를 고사하는 바람에 황제의 둘째 아드님께서 카메라 앞에 서셔야 했다. 세 아드님과 함께 방송을 시청하신 황제께서는 축구 대표팀에게 암탉 다섯 마리를 하사하셨다. 황제의 둘째 아드님께선 축구 대표팀을 그해 사미랜드Samiland에서 열릴 비바 월드컵에 출전시키기로 결심하시고 대회 참가에 필요한 서류를 준비하시는 한편 축구 대표팀의 근황을 신민들에게 알릴 홍보물까지 직접 만드셨다. 하지만 탐스럽게 무르익고 있던 희망은 축구 대표팀 감독의 어이없는 일탈로 인해 한순간 연기처럼 사라지고 말았도다.

저녁 식사 초대를 받고 로마니 유력 집안에 방문한 축구 감독은 그곳에서 고작 열두 살 난 여자아이를 강간하려다가 그녀의 부모에게 발각되었다. 권총을 꺼내 들고 뒤쫓아 오는 부모를 피해 그는 공동 화장실 안에서 밤새 숨어 있어야 했다. 황제의 둘째 아드님이 직접 중재하신 덕분에 그는 간신히 목숨을 구할 수 있었지만 그 소녀와 결혼해서 아이를 낳고 가족을 부양해야 하는 의무를 이행해야 했다. 황제와 그의 가족을 포함한 축하객들 앞에서 결혼식을 올리고 첫날밤까지 보낸 신랑은 모두가 잠든 새벽을 틈타 두 명의 축구 유망주만을 자신의 자동차에 태운 채 셈 로만디를 탈출했다. 늦게야 이 소식을 전해 들으신 황제의 둘째 아드님께서 크게 노하시어 경호원들을 문책하셨을 뿐만 아니라 그 감독의 어린 아내를 황실의 지하실에 가두시고 그녀 집안의 재산을 모두 몰수하셨다. 그리고 배신자를 찾아내기 위해 보스니아와 독일을 직접 방문하셨으나 큰 성과 없이 돌아오셨다. 비바 월드컵이 목전이었으므로 황제의 둘째 아드님께서 축구 감독으로 취임하시어, 로마니 축구 대표팀의 승리는 곧 로마니 독립과 번영을 의미한다는 취임사를 발표하셨다. 하지만 로마니 축구 대표팀은 안팎의 사정으로 비바 월드컵에 끝내 참여하지 못했다. 황실의 전폭적인 지지에 우쭐해진 선수들이 갱단처럼 몰려다니면서 이웃에게 크고 작은 피해를 입혔고, 연애와 도박에 열중하면서 훈련을 소홀히 하더니, 나중엔 급전을 마련하기 위해 유니폼과 축구공마저 팔았다. 신민들의 원성이 하늘을 찌르자 황제께서는 물의를 일으킨 축구 선수들을 태형으로 다스리신 뒤 발가벗긴 채 나흘 동안 황실 출입문 기둥에 묶어두셨다가 풀어주셨다. 그리고 로마니 축구 대표팀의 해체를 선언하시고, 실패의 책임을 물어 둘째 아드님을 왕국에서 영원히 추방하셨다. 셈 로만디와 신민들을 위해 혈육의 정까지 잘라내신 황제께서는 한 달 동안 황실 안에 머무시면서 상실

감을 견뎌내셨다.

(여기까지 읽은 자에게 영광을! 축구 대표팀 감독이 추문을 일으켰던 대상이 열두 살의 소녀가 아니라 황제의 둘째 아들이 숨겨놓은 어린 정부情婦였다는 소문이 흘러 다녔다. 황제의 둘째 아들은 자신의 불륜 사실을 숨기고 축구 감독을 자신의 충복으로 포섭하기 위해 그 불미스러운 사건을 계획했고, 자신이 함정에 빠져들었다고 뒤늦게 깨달은 감독은 두 명의 축구 유망주만을 데리고 도망쳤다는 것이다. 추문의 인과관계를 정확히 파악한 황제는 황실의 명예를 지켜내기 위해서 둘째 아들을 추방했을 수도 있다. 황제의 둘째 아들은 국경을 넘을 때까지도, 로마니를 유일하게 대표한다고 자처하는 축구팀이 유럽에만 세 팀이나 존재한다는 사실을 미처 알지 못했다.)

(여기까지 읽은 자에게 영광을! 황제는 즉위 10주년 기념행사를 마친 이후로 자신의 후계자를 고민했다. 세 명의 아들은 하나같이 퀴에크 가문 특유의 성품과 능력을 골고루 지니고 있어서 누가 황제가 되더라도 셈 로만디 왕국의 안녕과 번영을 보장할 수 있었으나, 그들 중 가장 명민하고 담대하며 신민들의 신망을 많이 받고 있는 둘째 아들이 두각을 나타냈다. 하지만 그에겐 인내심과 협상의 기술이 부족했다. 게다가 황실에 소속된 점쟁이가 둘째 아들의 야심이 황실을 절체절명의 위험에 빠뜨릴 것이라고 꾸준히 경고했기 때문에 황제는 쉽사리 결정을 내리지 못했다. 그러다가 그 치욕적인 사건으로 둘째 아들을 잃게 되자 크게 낙담하여 한 달여간 왕정을 멈춘 채 폭음과 음란을 즐겼다. 보다 못한 첫째 아들이 아버지를 정신병원에 가뒀으나 신하들의 반발로 사흘 만에 그를 복귀시킬 수밖에 없었다. 그 뒤로 황제는 두 명의 아들 주위에 자신의 충복을 배치하여 그

들의 일거수일투족을 감시하기 시작했다.)

(여기까지 읽은 자에게 영광을! 독일이 로마니를 위해 스위스 금고에 보관해두었다는 전후 배상금은 실제로 존재하지 않았다. 하지만 이를 적극적으로 긍정하거나 부정하지 않는 독일 정부의 모호한 태도 때문에, 로마니 왕들은 무모한 경쟁을 멈추지 못하고 있다. 어쩌면 로마니의 항구적인 분열을 기대하는 유럽 국가들의 요구에 독일 정부가 부응하고 있는지도 모르겠다. 2차 대전 이후 독일과의 협상에서 로마니 희생자의 몫까지 배상금으로 수령한 유럽 국가들은 로마니에겐 정작 이 사실을 알리지 않은 채 자국민만의 갱생을 위해 그 자금을 이미 소진했다. 그러니 로마니가 전후 배상금을 받아낼 수 있는 가장 현실적인 방법이라면, 로마니 독립국가를 세우고 배상을 협상할 공식 대표를 유럽연합에 파견하는 게 아니라, 지역이나 가문별로 뭉쳐서 피해 현황

을 정확하게 파악하고 요구 사항을 확정한 뒤에 독일의 양심적 시민 단체의 도움을 받아 전범 기업이나 가문을 독일 법정에 세우는 것이다. 로마니의 독립국가를 지지하고 있는 자들은 거세게 저항하겠지만, 때론 명분보다 실리를 앞세워야 할 때도 있는 법이다.)

사지를 잘라내듯 둘째 아드님을 내치신 뒤로 황제께서는 오랫동안 무기력과 적적함에 시달리셨다. 만약 퀴에크 가문의 운명을 환기시키는 사건들이 연이어 일어나지 않았더라면 황제께서는 자신이 세운 셈 로만디 왕국을 해체하시고 루마니아 정부의 하급 관리로서 여생을 보내셨을는지도 모른다. 아프리카와 중동 곳곳에서 발발한 내전이 강대국들의 대리전으로 변질되고 그 영향이 셈 로만디에까지 미치자 황제께서는 황실 안에 앉아 계실 수만은 없으셨다. 유럽의 국경으로 들소 떼처럼 밀려든 난민들을 막기 위해 유럽 각국은 유럽연합의 출범과 함께 철거했던 국경 검문소를 다시 세우고 신분 검사를 강화했지만 그와 동시에 인도적 처리 방법을 고민하지 않을 수 없었다. 유럽연합 의장단은 자국에 수용한 난민들의 숫자만큼 경제개발 자금을 지원하겠다고 약속하며 회원국들을 설득했다. 가장 가난한 회원국 중 하나인 루마니아는 최대 5만 명을 수용할 수 있는 난민촌을 셈 로만디의 영토 안에 건설하겠다고, 모든 곳에 존재하는 로마니의 황제와는 단 한 차례의 협의도 없이 일방적으로 발표했다. 이 결정은 셈 로만디의 신민들뿐만 아니라 루마니아 국민들까지 분노하게 만들었는데, 경제개발이 시급했던 루마니아 정부는 언론과 공권력을 동원하여 시위대와 반대 여론을 제압하고 기어이 법안을 통과시켰다. 스스로 신의를 내팽개친 루마니아 정부에 황제께서는 크게 실망하셨으나 그래도 끝까지 냉정함과 예의를 유지하시며, 민주적 절차에 따라 승인된 법안을 번복하는 게 불가능하다면 셈 로만디도 개발 대상 지역에 포함시켜달라고 요청하셨다. 하지만 루마니아 정부는 끝내 협상 테이블에 황제를 초대하지 않았다. 로마니 신민들의 정당한 저항을 중무장한 루마니아 군인들은 간단하고도 무자비하게 제압했다. 더 이상의 피해를 막기 위해 황제께서는 로마니 신민들을 진정시키시는 한편, 새로운 이주민들이 자신의 왕국에서 반드시 준수해야 할 규범을 영어와 프랑스어, 아랍어로 각각 작성하여 배포하셨다. 고대 인도에서 맨몸으로 출발한 자신의 선조들이 유럽에 정착할 때에도 꼭 이와 같은 고난을 겪었을 것이므로, 황제께서는 자신의 선조들을 대하듯 이주민들에게 호의를 베푸셨다.

하지만 셈 로만디의 공공장소에선 일체의 종교적 행위를 금지한다는 규정을 이주민들은 철저히 무시한 채 시도 때도 없이 기도를 올리고 경전을 암송했다. 황제께서는 이주민들의 우두머리를 황실로 불러들여 엄중하게 경고하셨으나 상황은 조금도 나아지지 않았다. 자신의 권위를 부정한 이주민들을 일벌백계해야겠다고 결심하신 황제께서는 로마니 신민들을 난민촌으로 보내셨다. 로마니는 아침부터 저녁 늦게까지 노래를 부르고 악기를 연주하며 춤을 췄다. 배가 고프면 이주민들의 천막 안으로 숨어 들어가 음식을 뒤졌다. 그러곤 아무 곳에서나 솥을 걸고 불을 지폈으며 요란한 식사를 마치면 그 자리에다 배설을 하고 그 옆에서 잠을 잤다. 공포심을 느낀 이주민들은 난민촌의 치안을 담당하고 있는 루마니아 군인들을 찾아가 항의하고 읍소했지만, 이주민을 탐탁하게 여기지 않은 군인들은 아무런 조치도 취하지 않았을 뿐만 아니라, 주거지를 갑자기 빼앗긴 로마니를 오히려 두둔하기까지 했다. 이주민들은 자경단을 만들어 대응했지만, 항문 안쪽까지 파고드는 쇠파리 떼를 고작 꼬리 하나로 쫓아내어야 하는 암소처럼, 속수무책이었다. 한 명의 로마니를 쫓아내면 열 명의 로마니가 찾아왔고 한쪽 뺨을 때리면 두 다리를 부러뜨렸기 때문에 이주민들은 겁을 먹고 움츠러들지 않을 수 없었다. 매일 밤마다 몇 개의 천막에서 불길이 치솟고 꺼지기를 반복했다. 난민촌 곳곳을 로마니의 포장마차가 점거한 뒤로 전쟁과 다름없는 대규모의 싸움이 매일 일어났다. 이주민들은 더 이상 기도를 올리거나 경전을 암송할 수 없었다. 세간을 그대로 놔둔 채 야반도주하는 이주민들이 늘어나면서 최대 5만 명을 수용할 수 있는 난민촌은 텅 비어갔고, 유럽연합 의장단은 루마니아 정부의 무능력을 공개적으로 비난했다. 막대한 원조금을 이미 소진한 루마니아 정부는 친정부 시위대를 은밀하게 조종하여 이주민들에 대한 악의적인 여론을 전파시켰고, 국가의 존립을 위태롭게 만드는 개인이나 단체를 강제로 추방할 수 있는 법안을 여당 단독으로 국회에서 통과시켰다. 결국 난민촌은 1년여 만에 셈 로만디의 신민들만이 거주하는 영토가 되었다. 이주민들을 위해 루마니아 정부가 건설한 상하수도 시설 덕분에 로마니 신민들은 한동안 깨끗한 물을 마시고 오물을 위생적으로 처리할 수 있었으나, 정부가 무상 지원을 중단한 뒤부터 그곳은 로마니조차 접근하길 꺼려 하는 연옥으로 전락하고 말았다. 모든 곳에 존재하는 로마니의 황제께서는 로마니 시위대를 부쿠레슈티의 주요 관광지 앞으로 보내어 루마니아 정부가 셈 로만디의 복구 작업을 서둘러 마무리하도록 압박하시는 한편, 난민의 인도적 처리 방안을 루마니아 정부의 개입 없이 자신과 직접 재협상하자고 유럽연합에 제안하셨다.

일련의 사건을 겪으면서 셈 로만디에 대한 애정을 확인하신 황제는 신민들을 위무하고 자긍심을 독려할 목적으로 역사책을 집필하도록 내게 명령하셨다. 이 역사책이 완성된 이후로 세상의 모든 로마니는 이 책을 요람이자 무덤으로 삼아야 할 것이다. 이 책 안에서 로마니의 모든 아이들이 태어나고 노인들이 죽을 것이며, 그러는 사이 이 책은 점점 무거워지고 두꺼워지다가 더 이상 포장마차를 타고 여행할 수 없게 되었을 때 도서관으로 들어갈 것이다. 셈 로만디 밖에서 살고 있는 로마니를 위해 이 책을 세계 각국의 언어로 번역해야 하는 작업이 남아 있으나 많은 인력과 비용이 소요되기 때문에 황제의 계승자들이 천천히, 하지만 꾸준히 진행할 것이라고 믿어 의심치 않는다. 과학기술의 놀라운 발전 덕분에 모든 언어들이 간단한 전자장치를 통해 손쉽게 번역되는 미래를 상상하면 흥분하지 않을 수 없도다. 황제께서는 이 책이 완성되는 대로 서른 권 남짓 인쇄하여 유럽 각국의 대표자에게 일괄 발송할 예정이시다. (여기까지 읽은 자에게 영광을! 그 책들은 괄호 속의 단락을 삭제한 채 인쇄될 것이며 황제가 원본과의 분량 차이를 의심하지 못하도록 각주와 도표, 삽화와 사진의 크기를 두 배 정도 확대할 것이다.) 인류의 양심을 대변해온 각국의 학자와 언론인 들을 셈 로만디에 초대하여 로마니의 현재와 미래를 논의하게 하시고, 그 자리에 황제께서 친히 참석하시어 유럽의 로마니 문제를 해결할 수 있는 최적의 방안을 제시하실 것이다. 이스라엘에 비견될 수 있는 로마니 천년 국가를 세울 후보지로서 황제께서는 그리스의 크레타나 터키의 안탈리아를 염두에 두고 계시지만, 이웃과의 갈등을 피할 수만 있다면 기꺼이 자신의 생각을 철회하시고 유럽연합의 제안을 수용하시어, 전 세계에 흩어져 있는 로마니를 셈 로만디 안으로 불러 모으실 수도 있다. 그 대신 셈 로만디의 독립과 무상 지원을 황제께서 당당히 요구하실 것이다. 황제의 논리와 주장은 모두 이 책을 근거로 작성될 것이므로 유럽 각국의 대표자는 황제와의 협상에 앞서 이 책을 미리 통독해야 할 것이다. 그리고 이 책보다 먼저 출간된 로마니의 역사책은 모두 폐기하거나 부정하라고 조언하겠다. 왜냐하면 그 낡은 책들은 로마니 왕조에 대한 정보를 거의 담고 있지 않거나, 너무 많은 거짓을 담고 있거나, 여러 번 읽어도 도저히 이해할 수 없거나, 아예 읽을 수 없는 것이기 때문이다. 로마니의 역사책이야말로 어느 독재자도 결코 점령하거나 훼손할 수 없는, 로마니 고유의 영토라는 사실을 결코 간과해서는 안 된다. 단 하나의 거짓이나 모호함도 포함되어 있지 않은 이 책을 출판하거나 수정하기 위해선 반드시 셈 로만디 황제의 승인을 받아야 하며, 이 책을 집필한 나 보그단 마텔에게도 정당한 보상을 지불해야 한다.

(여기까지 읽은 자에게 영광을! 오데르강 부근의 로마니 거주지에서 만난 젊은이의 도움이 없었다면 나는 이 책을 결코 완성하지 못했을 것이다. 그의 요청에 따라 이름은 밝히지 않겠지만, 그리스도의 은총 안에서 그가 천수를 누리길 진심으로 축원하는

바이다. 그의 부모는 자신의 아들이 책을 읽느라 밥벌이를 게을리 한다는 사실을 부끄러워했으며, 머지않아 장님이나 앉은뱅이가 될 것이라고 걱정했다. 그는 부모나 스승의 도움 없이 스스로 문자를 깨우친 뒤로, 마치 땅속에 깊이 묻혀 있는 송로버섯을 후각만으로 찾아내는 돼지처럼, 마을 주변에 버려져 있던 책들을 찾아내어 닥치는 대로 읽었다. 하지만 밥벌이에 전혀 도움이 되지 않는 자신의 재능이나 지적 갈증을 드러낼 수는 없었다. 그는 부모의 강요에 따라 두 번이나 결혼했으나 자식을 얻지 못했고, 자동차 사고로 첫 번째 아내를 잃었다. 두 번째 아내는 그와 결혼한 지 석 달 만에 이웃의 유부남과 야반도주한 뒤로 연락이 끊겼다. 아들의 불행이 불순한 책 때문이라고 부모는 확신했다. 그래서 아들을 장님으로 만들기 위해 그의 음식에 독극물을 타기도 하고 그가 잠들어 있는 헛간에 불을 지르기도 했다. 나중엔 그의 얼굴을 조준하여 염산까지 끼얹었다. 두 다리와 한쪽 팔을 잃고 얼굴마저 녹아내렸는데도 아들의 호기심과 낙관적 성향은 조금도 훼손되지 않았다. 결국 부모는 아들의 의지대로 살 수 있도록 허락했다. 만약 자신이 지금까지 살아남을 것이라고 예상했더라면 부모는 세 번째 결혼을 강요했을게 틀림없다고 젊은이는 웃으면서 고백했다. 그는 죽음을 기다리는 무료함을 달래기 위해서 닥치는 대로 책을 읽었고 자신이 읽은 것들을 가능한 한 오랫동안 기억하려고 노력했다. 그리고 이웃들에게 이런저런 이야기를 들려준 대가로 끼니를 해결했다. 독서가 그의 목숨을 연장시킨 셈이다.

그때 나는 야누스 퀴에크의 일생에 대한 자료를 구할 수 없어서 역사책 집필을 멈추고 있었다. 전쟁에서 살아남은 노인들을 찾아가 인터뷰를 해보았으나 그들의 기억은 믿을 만한 수준이 아니었다. 그렇다고 현지답사를 다녀오거나 외국어 서적을 구입할 만큼 자금이 넉넉하지도 않았다. 직접 확인하지 못한 내용은 기록하지 않는 게 역사가의 의무였으나, 황제는 사라진 시공간을 상상으로라도 복원하여 로마니의 장대한 역사를 완성하되 셈 로만디의 정통성과 자신에 대한 찬양을 빠뜨려선 안 된다고 요구했다. 그것은 역사책이라기보다는 차라리 자서전이나 소설에 가까웠다. 그래서 나는 매일 불면의 고통 속에서 방황했다. 성서조차 길라잡이 빛이 되어주지 못했다. 나는 역사가가 아닌 선교사로 이곳에 왔으므로, 언제든 역사 집필을 멈추고 성서 번역을 시작할 수 있었으나, 로마니를 믿음의 부족으로 개종시키기에 내 능력은 너무 미약했으니, 나를 대신하여 이곳으로 올 후배들을 위해서라도 로마니의 역사책을 완성하지 않을 수 없었다.

너무 오랫동안 골방에 갇혀 지낸 탓에 심신이 쇠락해졌다는 핑계를 대고 나는 황제의 허락을 받아 오데르강으로 천렵을 나섰다. 오데르강에서 잡히는

메기가 원기 회복에 좋다는 소문을 자주 들어왔기 때문이다. 하지만 책에 대한 걱정 때문에 낚시에 집중할 수가 없었다. 빈손으로 철수하다가 우연히 인근의 로마니 마을에서 그 젊은이를 만났다. 나무 상자 위에 위태롭게 앉은 그는 아이들과 노인들에 둘러싸여 있었다. 흉측한 몰골과 부족한 성량 때문에 처음에 나는 그의 이야기를 거의 알아듣지 못했다. 하지만 눈을 감자 신기하게도 그의 이야기가 분명하게 들려왔다. 나는 그것이 『리어왕』의 일부분이라는 사실을 알아차렸다. 마치 이역만리의 도시에서 우연히 형제를 만난 것처럼 놀라서 나는 허기도 잊은 채 그의 이야기를 오랫동안 들었다. 그리고 그가 혼자 남겨졌을 때 몇 가지 질문을 던졌다. 그러자 그는 놀라운 이야기로 화답했다. 그는 퀴에크 왕조에 대해 자세히 알고 있었다. 그래서 나는 곧장 그 젊은이의 부모를 찾아갔다. 부쿠레슈티 외곽에서 구두를 만드는 사람이라고 내 신분을 속인 채 당신의 아들을 데려가 제화 기술을 가르치고 싶다고 말했다. 그의 부모는 나의 말을 곧이곧대로 믿지 않았지만 자신이 부양해야 할 가족의 숫자를 줄일 수 있게 되었다는 사실 때문에 몹시 기뻐하면서, 아들의 옷가지가 담긴 가방을 선뜻 내주었다. 나는 책처럼 가벼운 그를 업고 그 마을을 떠났다.

하지만 나는 그를 황실 안으로 들이는 대신 이웃의 마구간에 숨겨놓았는데, 그의 존재를 알아차린 황제나 그의 세 아들이 훗날 그의 재능을 시기하여 해코지할 것이 두려웠기 때문이다. 사료를 찾을 수 없거나 문장이 미혹을 빠져나오지 못할 때마다 나는 그 젊은이를 은밀하게 찾아갔고 그는 아주 명쾌하고 간략한 대답으로 나의 고통을 없애주었다. 이틀에 한 번씩 보내는 음식으로 그를 연명시킬 수 있는 한 이 책을 완성할 수 있을 테지만, 완성된 책을 나는 결코 그에게 읽어주진 않을 작정이었다. 왜냐하면 그가 내 책을 읽거나 듣고 난 즉시 수많은 오류를 한꺼번에 지적할 것 같았기 때문이다. 나는 이 책을 완성하는 대로 셈 로만디를 탈출할 계획인데, 그 직전에 책처럼 가벼운 그를 업고 원래의 자리에다 데려다 놓을 것이다. 내 등 위에서 그는 나의 배신을 알아차리겠지만 짐짓 자는 척하면서 자신의 운명에 수긍하려고 노력하겠지. 약간의 돈과 성서 한 권을 그에게 건네며 여생을 축복해야지. 어쩌면 그는 내가 집필을 멈춘 자리에서부터 이웃들에게 로마니의 역사를 들려줄 것인데, 설령 셈 로만디가 몰락하고 역사책이 모두 불타며 마지막 로마니마저 절멸 수용소에서 학살당하더라도 그의 이야기만큼은 끝까지 살아남아서 학살자들을 뒤쫓고 역사가들을 불러 모으길 간절히 기도하노라, 아멘.)

(여기까지 읽은 자에게 영광을! 이 책의 초판이 출간된 뒤 셈 로만디 황제의 특사로서 내가 유럽을 돌며 책을 홍보하고 있을 때 황제가 숙환으로 사망했

다는 소식을 신문으로 접했다. 황제는 서른 권의 역사책에 직접 서명한 뒤 유럽 각국의 대표자에게 직접 건네라고 내게 명령했다. 그리고 자신의 자동차까지 내주면서, 내 어깨에 로마니의 미래가 매달려 있다는 사실을 다시 한번 강조했다. 파자마 차림으로 황궁 밖까지 걸어 나와 내게 손을 흔들던 황제의 모습이 지금도 눈앞에 생생하다. 하지만 나는 황제의 기대를 저버리고 말았다. 유럽의 어느 정부 대표자도 셈 로만디의 특사인 나를 만나주려고 하지 않았기 때문이다. 그들이 머무는 관저의 경비병에게 내가 완성한 역사책을 건네긴 했으나 당사자에게 전달되지 않았을 게 거의 확실했다. 나 말고도 수많은 사람이 이런저런 사연으로 그곳에 찾아왔다가 책이나 편지 등을 남긴 채 낙담하여 돌아간다고 들었다. 그래서 나는 홍보 방법을 바꾸었다. 내가 지닌 가장 깨끗한 옷과 신발을 신고, 열 권 정도의 책이 담긴 슈트케이스를 끌면서 유럽의 유명 서점을 찾아가 그

앞에 좌판을 깔았다. 그러곤 마치 거리 공연을 하듯—구걸하고 있다는 인상을 주지 않기 위해 최대한 밝고 경쾌한 태도를 유지하면서—리듬에 맞춰 이 책을 읽었다. 하지만 난민과 무차별 테러 사건 때문에 더 이상 환대의 전통을 지닐 수 없게 된 유럽인들은 관광객이 아닌 이방인에게는 경계심과 적의를 보였고 시체나 쓰레기처럼 취급했다. 내 슈트케이스에 든 책들은 언제 터질지 모르는 폭탄으로 오해받았다. 그때마다 나는 황제가 내게 일러준 사명감을 떠올리며 굴욕을 버텼다. 그런데 브뤼셀의 그랑 플라스 광장에서 황제의 부음을 들은 뒤로 역사가로서의 나의 과거와 미래는 모두 사라져버렸다. 신문사마다 기사를 작성한 자의 태도와 뉘앙스가 크게 달랐지만, 간략히 정리하자면 이렇다.

스스로를 모든 곳에 존재하는 로마니의 황제라고 부르던 사업가 플로린 쿠에크가 지난주 목요일 향년 79세의 나이로 자신의 집에서 숨을 거두었다. 어떤 신문은 그가 당뇨병 때문에 천천히 죽었다고 하고, 다른 신문은 갑자기 심장이 멈췄다고 적었다. 황제는 죽기 전에 셋째 아들을 자신의 후계자로 지목했고, 유족들은 미국에 체류 중인 첫째 아들이 귀국하는 대로 장례식과 대관식을 동시에 진행할 예정이다. 미망인은 자신에게서 태어나지 않은 셋째 아들의 대관식에 참석하지 않을 예정이며, 첫째 아들이 미국의 모처에다 설립한 로마니 단체에 조만간 합류할 것이라고 인터뷰에서 밝혔다.

나는 이틀 동안 숙소에 처박혀 성서를 읽으면서 황제의 이른 죽음을 애도하는 한편 로마니에게 거듭되는 불운을 한탄했다. 너무 허탈한 나머지 슈트케이스의 책을 모두 불태우고 싶었으나, 그것이 퀴에크 황제나 그리스도의 뜻을 거스르는 것 같아서 차마 실행에 옮기진 않았다. 그 대신 마음을 고쳐먹고, 생전의 황제가 검수하고 직인을 찍었던 내용은 조금도 수정하지 않은 채, 셋째 아들이 셈 로만디의 미래를 어떻게 파괴할 것인지, 마치 요한처럼 상상한 뒤, 다음과 같은 내용을 추가했다.)

오랫동안 심장병과 당뇨병으로 고생하시던 황제께서는 어느 날 새벽 별자리를 살펴보시고 자신의 죽음을 예감하신 뒤 자신의 후계자를 서둘러 결정해야겠다고 생각하셨다. 황제껜 세 명의 아드님이 계셨으나, 둘째 아드님을 왕국에서 추방하신 뒤부터, 설령 퀴에크 혈통을 이어받지 못한 자일지라도 능력과 성품을 검증받은 자라면 자신의 왕위를 기꺼이 물려주겠노라고 황제께선 작심하셨다. 그래서 신하들을 한 명씩 황실로 불러들여 후계자로 적정한 자의 이름을 물으셨다. 신하들은 감히 존엄한 이름을 말하지 못하고 머뭇거리다가, 첫째 아드님을 지지하는 부류와 셋째 아드님을 지지하는 부류로 나뉘었다. 황제께선 크게 실망하셨다. 그렇다고 두 아드님의 능력이나 성품에 치명적 결점을 발견하셨다는 뜻은 아니었고, 둘 중 한 명만이 왕국을 통째로 다스릴 수 없을 만큼 다른 한 명의 힘이 너무 컸기 때문에 둘 사이의 갈등이 기어코 자신의 왕국을 분열시킬 것이라고 비관하셨기 때문이다. 황제께서 우려하셨던 대로, 첫째 아드님과 셋째 아드님, 그리고 각각 그들을 낳은 생모들께선 거의 모든 현안을 두고 치열하게 부딪쳤다. 셈 로만디는 매일 칼날 위에 서 있었다. 황제께서는 충직한 신하인 나 보그단 마텔에게도 조언을 구하셨다. 나는 갈등의 불씨를 옮겨 붙이는 대신, 이 책의 내용 중 황제께서 가장 좋아하시는 부분, 즉 야누스 퀴에크의 대관식 이야기를 여러 번 반복해서 읽어드렸다. 황제께서는 조용히 눈물을 흘리시다가 그 눈물 속에서 마침내 후계자의 이름을 발견하셨다. 그래서 두 황후와 두 아드님을 저녁 식탁에 함께 불러 모으시고, 마티아스 퀴에크의 비극을 반복하지 않기 위해, 황제의 충직한 신하인 나에게 그들의 대화 내용 전부를 기록하라고 명령하신 뒤, 셈 로만디 운영을 루마니아 행정부에 위임하시겠다고 발표하셨다. 두 명의 황후와 두 명의 아드님은 너무 놀라서 아무런 대꾸도 하지 못하셨다. 황제께서는 자신의 이야기를 빠짐없이 기록했느냐고 내게 여러 차례 물으셨고, 나는 황제의 추상같은 위엄 앞에 갈대처럼 떨면서 대답했다. 셋째 아드님과 그의 생모께서 먼저 자리를 뜨셨고, 첫째 아드님과 그의 생모께서는 끝까지 자리에 남아 황제의 결심을 돌리려고 애썼다. 하지만 황제께서는 결심을 번복하지 않으셨고, 그 뒤로 단 한 순간도 경호원들을 지근에서 물리시는 법이 없으셨다. 갑작스레 자신이 죽게 되면 반드시 황실 안에서 범인을 찾아야 한다고 신하들에게 당부하셨다. 나중에 황제를 독대할 기회가 있어 내가 그 까닭을 여쭈었더니, 황제께서는 환하게 웃으시며, 단 한 명의 로마니라도 살아남는 한 로마니의 천년 왕국은 남루한 포장마차나 책 안에서도 언제든 부활이 가능하다고 말씀하셨다.

†•퀴에크 왕조•†

플로린 퀴에크의 주장

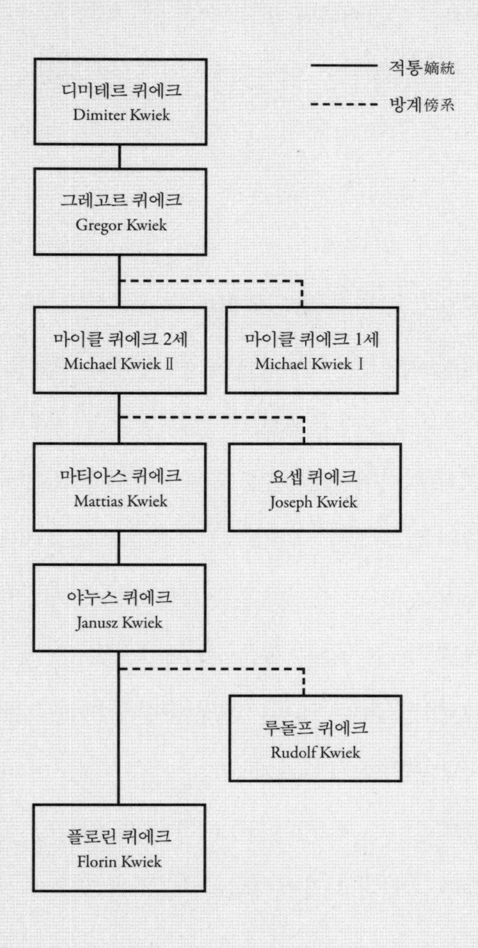

작가 노트

그들만의 올림픽과 아무도 막지 못한 비극

1931년 국제 올림픽 위원회가 베를린을 제11회 하계 올림픽 개최지로 선정한 뒤로, 독일 대표 선수단은 '세상에서 가장 우수한 혈통'을 지닌 아리아인으로만 채워지기 시작했다. 나치의 군국주의와 인종차별주의에 반대한 국가들은 '인민들의 올림피아드 People's Olympiad'를 스페인 바르셀로나에서 개최하기로 합의하고 1936년 7월 수천 명의 선수를 현지로 파견했으나 스페인 내전이 발발하면서 끝내 목적을 이루지 못했다.

미국의 흑인 단체들은 흑인 선수들이 올림픽에 참

가하여 국위 선양을 하게 된다면 자국의 인종차별 정책도 개선될 것이라고 희망하며 미국의 올림픽 참가를 촉구했다. 아돌프 히틀러는 베를린의 모든 로마니를 체포하여 공동묘지와 쓰레기 매립장에 강제로 수용한 뒤 1936년 8월 1일 올림픽 개회를 선언했다. 독재자의 기대대로 독일은 월등한 성적으로 우승했고, 미국의 흑인 선수들은 14개의 메달을 획득했다. 그리고 모두가 주지하다시피, 올림픽 폐회식 직전에 열린 마라톤 경기에서 일본 선수 두 명이 세계 신기록을 세우며 1등과 3등으로 결승선을 통과했다. 하지만 그들은 시상식 내내 승자이기보다는 패자의 모습으로 고개를 숙인 채 서 있었다. 그들이 일본의 식민지 출신이었다는 사실과, 식민지의 언론사들이 우승자의 사진 속에서 일본 국기를 지웠다가 폐간되었다는 사실은 잘 알려져 있지만, 3등 선수가 자신의 가슴 중앙에 붙어 있는 일본 국기를 조금이라도 감춰볼 요량으로 고무줄 바지를 끌어올리는 바람에 우스꽝스러운 모습으로 사진이 찍혔다는 사실은 그 후 반세기 동안 거의 알려지지 않았다.

올림픽을 성공적으로 치른 히틀러는 더욱 의욕적으로 유대인과 로마니를 탄압했다. 미국 내 흑인들은 공공장소에서 흑인과 백인을 합법적으로 분리시키던 짐 크로법Jim Crow laws에서 여전히 해방되지 못했다. 일본은 식민지에 국가총동원법을 선포하고 군인과 노동자와 위안부를 강제 징용했다. 1940년 제12회 하계 올림픽은 원래 일본 도쿄에서 열릴 예정이었으나 전쟁으로 취소되었다. 베를린 올림픽이 끝나고 1년 뒤 일본의 식민지에선 다음과 같은 신문 기사가 등장했다.

집시의 祖國(조국)을 에치오피아에 建設(건설)?

[부다페스트發同盟郵信(발동맹우신)] 祖國(조국)을 갖지 못하엿다는 猶太人(유대인)도 마침내 聖地(성지) 파레스티나에 "本國(본국)"을 가지게 되엇는데 今番(금번)은 世界放浪(세계방랑)의 民(민)으로 詩歌(시가)에 나타나는 집시가 伊國(이국)의 新植民地(신식민지) 에치오피아에 "祖國(조국)"을 獲得(획득)하게 되리라는 소문이 歐洲(구주)에 傳(전)하고 잇다. 이 소문에 依(의)하면 最近(최근) 무솔리니 首相(수상)은 洪牙利(홍아리)에 "宮廷(궁정)"을 가졋다는 世界(세계) 집시王(왕) 야누스퀘크에 對(대)하야 에치오피아의 一定地方(일정지방)을 집시國建設(국건설)을 爲(위)하야 提供(제공)할 것을 約束(약속)하엿다고 한다. 眞僞(진위)는 不明(불명)하나 무首相(수상)은 집시를 에치오피아에 定住(정주)시킴에 依(의)하야 이제 에치오피아 開發工作(개발공작)의 促進(촉진)을 圖謀(도모)하려는 一石二鳥(일석이조)의 意圖(의도)라고 말하는 者(자)도 잇으나 一方(일방)에는 집시는 본래 流浪遊(유랑유) 僧民(승민)이므로 伊國(이국)의 엄격한 統制下(통제하)에 一定地域(일정지역)에 落着(낙착)하야 耕作(경작)에 從事(종사)하기는 到底(도저)히 할 수 없다고 觀測(관측)하고 잇는 者(자)도 잇다.[ix]

ix 1937년 12월 25일, 《동아일보》.

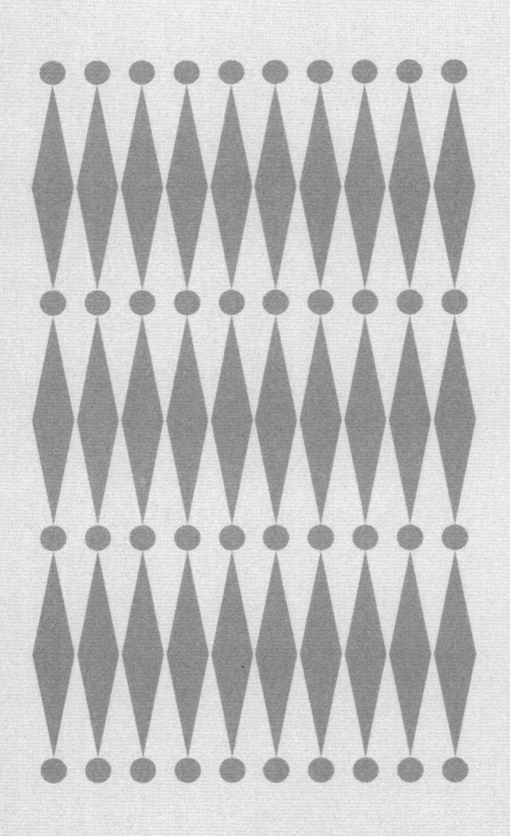

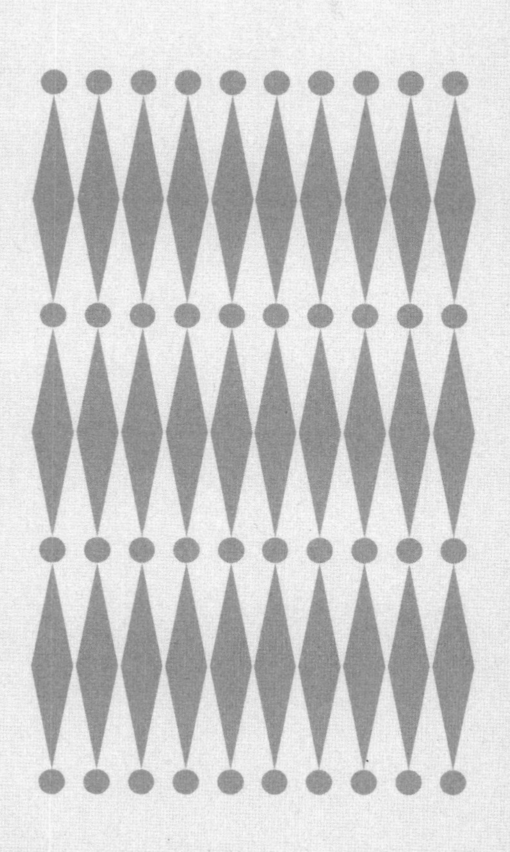

모든 곳에 존재하는 로마니의 황제 퀴에크

1판 1쇄 인쇄 2019년 5월 10일
1판 1쇄 발행 2019년 5월 22일

지은이 김솔
펴낸이 김영곤
펴낸곳 아르테

문학미디어사업부문 이사 신우섭
문학사업본부 본부장 원미선
문학콘텐츠팀 이정미 허문선 김필균
디자인 석윤이
문학마케팅팀 정유선 임동렬 조윤선 배한진
문학영업팀 권장규 오서영
홍보팀장 이혜연 제작팀장 이영민

출판등록 2000년 5월 6일 제406-2003-061호
주소 (우 10881) 경기도 파주시 회동길 201(문발동)
대표전화 031-955-2100 팩스 031-955-2151

ISBN 978-89-509-8100-6 04810
978-89-509-7879-2 (세트)